LE
BANQUET DES CENTENAIRES

ESSAI SUR L'ART DE VIVRE LONGTEMPS

SUIVI DE

LA CROISADE DES ENFANTS

PAR

EUGÈNE MULLER

TOURS

ALFRED MAME ET FILS

ÉDITEURS

LE

BANQUET DES CENTENAIRES

—

IN-12 — SÉRIE ILLUSTRÉE

—

GÉRARD FROMENT

Le banquet des centenaires.

LE
BANQUET DES CENTENAIRES

ESSAI SUR L'ART DE VIVRE LONGTEMPS

SUIVI DE

LA CROISADE DES ENFANTS

PAR

EUGÈNE MULLER

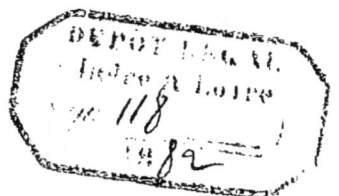

TOURS

ALFRED MAME ET FILS, ÉDITEURS

—

M DCCC LXXXII

LE

BANQUET DES CENTENAIRES

I

UNE MOTION DE JOURNALISTE

Aux vacances dernières, j'étais allé demander quelques jours d'intime hospitalité à mon vénérable cousin Bernard, ancien manufacturier, dont la verte et heureuse vieillesse s'écoule dans le calme d'une de nos petites villes du centre de la France.

« Demain, me dit-il un soir, nous ne déjeunerons pas ici.

— Et où donc, mon cousin?

— Écoute. Il y aura demain cinquante ans, presque jour pour jour, une vingtaine de jeunes hommes, tous camarades d'enfance, s'étaient réunis pour fêter un de leurs anciens professeurs. Au dessert, l'idée leur vint de s'engager d'honneur, ou plutôt d'amitié, à se retrouver chaque année, à date et à heure fixes, autour de la même table, et à renouveler ainsi périodiquement le lien formé aux beaux jours de la jeunesse. Ce fut une sorte de vœu perpétuel qu'ils prononcèrent, et qui a été tenu aussi fidèlement que les exigences ou les hasards de la vie ont bien voulu le permettre. Tout d'ailleurs avait été réglé de façon à ce que les empêchements ne pussent naître des conditions de la réunion elle-même. On avait choisi pour jour un dimanche de la belle saison, pour heure celle du déjeuner; on avait formulé la clause expresse que, ne fût-ce même qu'en vue de restreindre la dépense, une frugalité relative présiderait à l'ordonnance du repas... Bref, soit que les bases de l'amicale institution aient été sagement posées, soit que le charme de ces petites fêtes du cœur ait suffi à provoquer la constance, l'assiduité des convives, toujours est-il qu'on peut citer plusieurs d'entre eux qui, en cinquante années, n'ont pas manqué une seule fois au rendez-vous. A vrai dire, leurs rangs se sont notablement éclaircis. Ils étaient vingt-deux à l'origine, aujourd'hui ils ne sont plus que huit. Quelques-uns ont quitté le pays, la mort a pris les autres; mais au moins peut-on dire que l'indifférence n'en a éloigné aucun. Et plus les vides se font, plus ceux que le sort a épargnés se sentent impérieusement, je pourrais dire pieusement engagés à la célébration de cet anniversaire. Tu as compris, n'est-ce pas, que je suis un des huit? et tu ne voudrais pas que, pour te tenir compagnie ici, je fisse défaut, — ce serait la première fois, d'ailleurs, — à mes vieux amis?

— A Dieu ne plaise!

— Mais tu viendras avec moi.

— Ne risqué-je pas d'être indiscret?

— Non. Il est de tradition parmi nous qu'encore que la réunion doive garder essentiellement son caractère spécial et intime, nous pouvons toujours convier un de nos proches. Je sais que, d'autre part, notre ami Morel doit être accompagné de son fils, le docteur Louis Morel, une des notabilités médicales du département voisin. Ainsi, c'est convenu, tu viendras, et tu verras que cela n'est pas trop maussade, quoique le plus jeune des convives compte soixante-douze printemps bien sonnés, et que le doyen en porte quatre-vingt-trois. A demain donc.

— A demain. »

Le lendemain matin, en effet, un peu après onze heures, mon cousin Bernard, tout gaillard, rasé de frais, en cravate et gilet blancs, le chapeau légèrement sur l'oreille, la canne à pomme d'argent dans la main, me prit par le bras, et nous nous dirigeâmes ensemble vers l'auberge de *l'Écu de France,* située dans l'un des faubourgs de la ville. C'était là que, depuis l'origine, se tenait la réunion annuelle, et avec d'autant plus de raison que le maître du lieu, M. Courtinat, en était lui-même un des membres titulaires.

Bien que le rendez-vous ne fût que pour midi, nous trouvâmes, dès onze heures et demie, l'assemblée presque au complet. Un seul convive manquait. Et (tant la ponctualité était, paraît-il, coutumière en ce petit cercle amical), quand les trois quarts tintèrent au beffroi communal, on commença à concevoir de sérieuses inquiétudes sur le compte du *retardataire*.

Le couvert était mis dans une salle du premier étage, dont les fenêtres donnaient sur la rue ; aussi à chaque instant quelqu'un se penchait-il au dehors, en disant :

« Vient-il ? Le voit-on ? Çà, lui serait-il arrivé quelque chose, à ce cher Louvat ? »

Mais Louvat ne paraissait point.

En l'attendant, toutefois, les mains s'étaient pressées, les compliments échangés, et mon cousin Bernard m'avait présenté tant à ses vieux camarades qu'au docteur Louis Morel, homme de cinquante ans environ, porteur d'une de ces physionomies qui préviennent d'autant plus sympathiquement qu'elles traduisent l'heureuse réunion d'un esprit élevé et d'un cœur droit. Son père était un ancien avoué, qui, pour avoir gardé les dehors un peu gourmés du légiste consultant, ne laissait pas moins deviner par ses manières le naturel le plus affable, le caractère le plus facile. Au contraire de son fils, dont la taille était assez élevée et dont la musculeuse corpulence touchait presque à la réplétion, l'ex-homme de loi était petit, sec, et semblait même d'une complexion originairement maladive.

A côté de lui se tenait, quand nous entrâmes, une sorte de géant à qui son ample ossature, bien que subissant un peu le poids des ans, donnait encore, aidée d'ailleurs d'une figure empreinte de la plus douce gravité, un aspect véritablement imposant. Ce grand corps, qui répondait au nom de M. Blanchon, avait vieilli, le tournevis ou les *brucelles* à la main, la loupe sur l'œil, courbé sur un établi d'horloger ; contraste professionnel assez étrange, eu égard à un autre convive, qui, court et fluet, avait pendant quelque quarante années dirigé, en maniant plus d'une fois la hache et la bisaiguë, un important chantier de charpenterie.

M. Servet, le libraire, doyen de la réunion, et M. Duval, le luthier, son cadet de quelques mois, depuis un demi-siècle organiste de la paroisse, établissaient la transition physique entre les deux précédents, par une stature au-dessus de la moyenne et par un reste de mâle et fière prestance.

Et d'ailleurs maître Courtinat, l'hôtelier, un petit homme aux contours rebondis, ne le cédait à aucun pour la ferme allure et les airs de santé. C'était lui qui, en allant et venant avec une agilité de jouvenceau pour donner un dernier coup d'œil a l'ordonnance du repas, témoignait le plus d'impatience du retard apporté à l'arrivée du huitième convive.

Mais, juste au premier coup de midi :

« Le voilà ! s'écria l'horloger, qui depuis quelques instants avait plié son long buste sur l'appui de la fenêtre ; le voilà qui vient à toutes jambes !

— Enfin ! » soupira-t-on en chœur.

Et M. Courtinat commanda de servir.

Bientôt faisait irruption dans la salle un alerte vieillard tout de gris vêtu (livrée traditionnelle de sa profession, car il était négociant en farines).

« A l'amende, Louvat ! crièrent, en l'apercevant, plusieurs des convives.

— Non, répliqua-t-il, vous allez voir que je ne suis pas aussi coupable que j'en ai l'air. »

Et, dépliant un journal, il parut vouloir lire à haute voix un article qui s'y trouvait.

Mais l'hôtelier protesta :

« Oh ! à plus tard les lectures, s'il vous plaît ! Prenez place, Messieurs, prenez place !

— Bon ! fit le farinier, en remettant le journal dans sa poche ; mais vous ne perdrez rien pour attendre. Et, d'ailleurs, vous n'attendrez pas longtemps. »

A peine, en effet, un intermède fut-il possible, que le journal reparut. M. Louvat nous apprit d'abord que, comme il passait devant le principal café de la ville, les habitués l'avaient forcé d'entrer pour lui montrer un article qui venait de paraître dans la feuille locale, et qui avait justement trait à la présente réunion. Et alors il n'eut pas besoin de réclamer l'attention pour la lecture toute de circonstance qu'il fit aussitôt.

L'article, qui était intitulé : *Une Cinquantaine*, obtint le succès unanime auquel il avait droit, car le rédacteur, après avoir donné en excellents termes l'historique du banquet, se faisait le spirituel interprète de l'estime et de la vénération publiques envers les survivants de cette touchante institution ; et il achevait en émettant le vœu que, pour témoigner des souhaits sincères qu'inspirait au cœur de tous un ensemble d'aussi respectables personnalités, la petite fête, fameuse d'ailleurs à la ronde, reçût désormais la significative désignation de *banquet des centenaires*.

« Accepté, l'augure ! fit le gigantesque horloger en ouvrant au-dessus de sa tête ses deux immenses mains.

— Accepté! fit le petit charpentier en se trémoussant, tout guilleret.

— Accepté! accepté! » répétèrent ceux-ci et ceux-là.

Alors le luthier, branlant doucement la tête :

« Oui, fit-il avec un léger sourire d'ironie, l'augure est bon à accepter, et nous devons savoir gré au journaliste de l'intérêt qu'il nous témoigne avec tant de délicatesse ; mais ces choses-là sont plus faciles à écrire qu'à voir se réaliser, et nous savons de reste que dame Nature s'est toujours montrée excessivement avare du bois dont on fait les véritables centenaires.

— Eh! papa Duval, dit gravement le docteur, beaucoup moins avare peut-être que vous ne pensez.

— Bah! répliqua le luthier, qui, ainsi que la plupart des convives, pouvait traiter familièrement l'homme de science, qu'il avait connu tout enfant, il est évident que tu as, toi aussi, d'excellentes, de très courtoises intentions en t'exprimant de la sorte, ne fût-ce que par affection filiale ; mais tu me permettras de tenir quelque peu ton dire en suspicion, et...

— Et, interrompit résolument le docteur, si j'appuyais ce dire, selon vous inconsidéré, d'une notable série d'exemples, si je vous démontrais, à l'aide des faits, des observations, que dame Nature, pour parler comme vous, se montra toujours d'une prodigalité relativement surprenante en ce point où vous l'accusez d'une si rare parcimonie ?...

— Mon Dieu! repartit le papa Duval du ton d'un homme qui ne demandait pas mieux que de se laisser convaincre ; je t'écouterais avec toute la déférence possible, et, au résumé...

— Au résumé, reprit mon cousin Bernard, s'adressant au docteur, je crois qu'aucun de nous ne regretterait d'avoir prêté l'oreille à tes démonstrations, pour peu que nous dussions en retirer la moindre heureuse prévision dans le sens indiqué par le journaliste.

— C'est ce que j'allais dire, affirma le luthier.

— Donc, continua mon cousin, tu peux argumenter en toute liberté, en partant de cette assurance — et, pour un médecin, c'est, je crois, une perspective assez belle, — que si tu ne nous fais pas de bien, tu ne saurais nous faire aucun mal.

— Bien dit! fit le libraire, qui, par droit d'aînesse, avait la présidence du festin, et dont l'approbative exclamation trouva de nombreux échos ; et puisque notre Esculape s'est de lui-même offert à remplir une tâche dont nous devons certainement recueillir quelques avantages, la parole est à notre Esculape.

— Minerve et Calliope l'assistent! ajouta l'horloger, qui, je l'ai su plus tard, avait Demoustier en grande estime.

— A vos ordres, Messieurs, fit en souriant le docteur, » qui avait la bouche pleine, et qui porta la main à son verre, comme pour témoigner que l'orateur n'entendait point renoncer aux privilèges du convive.

Et ce ne fut même qu'après une assez longue mais très active méditation, dont une couple de fines truites parurent faire les meilleurs frais, qu'il aborda enfin son exorde.

II

UN DÉFILÉ DE CENTENAIRES

« Et d'abord, commença-t-il, ne croyez-vous pas que nous pourrions (ne fût-ce que pour l'acquit de notre conscience) prendre acte d'une ou deux déclarations de physiologistes sur les probabilités de la longévité humaine ?

— C'est juste, dit le cousin Bernard.

— D'ailleurs, continua le docteur, soyez tranquilles, je veux seulement constater et non discuter. Bien que la question ait été maintes et maintes fois soulevée avant lui, je ne remonterai qu'à Buffon. « L'homme qui ne « meurt pas de maladie accidentelle, écrit le grand na- « turaliste, vit partout de quatre-vingt-dix à cent ans. » Et, à propos de cette assertion, qui de prime abord peut sembler assez aventureuse, je vous prie, Messieurs, de bien fouiller dans vos souvenirs et de me dire si vous avez mémoire que, parmi les vieillards que vous avez vus s'éteindre autour de vous, il s'en soit trouvé beaucoup qui aient quitté la vie sans que ce fatal événement ait été provoqué, c'est-à-dire précipité par une cause morbide. S'il en fut, si vous avez assisté à quelqu'un de ces départs qui sont non des suites de la maladie, mais des extinctions ; si vous avez connu de ces gens arrivés, selon l'heureuse expression de Montaigne, « à l'âge où l'on ne meurt plus que de la mort, » dites, n'est-il pas vrai que ceux-là étaient au moins nonagénaires s'ils n'approchaient pas davantage de la *centaine?* Au reste, Buffon n'avait pas émis sa proposition au hasard. Elle ressortait pour lui d'une série de rapprochements qui l'avaient amené à penser que la durée totale de la vie pouvait se mesurer par celle du temps de l'accroissement. Exemple : le chien, qui ne croît que pendant deux ans environ, ne vit, en moyenne, que douze à quatorze ans; le cheval, dont l'accroissement se fait en quatre ans, peut vivre vingt-cinq à trente ans; le cerf, qui met cinq ou six ans à croître, vit de trente-cinq à quarante ans, etc. La durée de la vie serait donc égale à six ou sept fois le temps de la croissance, et l'homme, qui achève de croître entre quatorze et seize ans, devrait donc vivre de quatre-vingt-dix à cent ans.

« Après Buffon, dont l'avis ne laissa pas que d'être quelque peu discuté, voici Flourens, qui admet le principe posé par son illustre devancier, mais qui arrive au même résultat par des calculs différents. Selon lui, une chose a manqué à Buffon, c'est d'avoir connu le signe certain qui marque le terme de l'accroissement; et notre physiologiste, ayant découvert la fixation de ce terme à la suite d'observations anatomiques nouvelles, affirme que c'est par cinq que la supputation doit être faite. « La « réunion des os avec leurs *épiphyses* [1], dit-il, a lieu dans « le chameau à huit ans, dans le cheval à cinq, dans le « bœuf à quatre, dans le chien à deux, dans le chat à « dix-huit mois, dans le lapin à douze, dans le cochon « d'Inde à sept, etc. Or le chameau vit en moyenne qua- « rante ans, le cheval vingt-cinq, le bœuf quinze, le

---

[1] L'épiphyse est une partie externe de l'os qui pendant la première jeunesse du sujet ne se trouve unie à l'os même que par un cartilage, lequel s'ossifie ensuite.

« chien dix à douze, le chat neuf à dix, le lapin huit, le
« cochon d'Inde six à sept, etc. C'est donc sur cinq fois
« le temps de l'accroissement qu'il faut baser les proba-
« bilités de la durée de l'existence. Et voilà pourquoi,
« l'accroissement finissant chez l'homme vers vingt ans,
« l'homme doit vivre, en moyenne, cent ans. »

« Jusque-là, n'est-ce pas? rien que de fort judicieux et
de rationnel. En poussant plus loin, il arrive que le savant moderne se risque en des sphères purement fantai-
sistes, où l'autorité de l'exception l'emporte volontiers
sur celle de la règle. Ne le suivons donc pas, tenons-nous-
en à sa première proposition, qui a au moins le mérite
de la clarté, de la précision, et voyons jusqu'à quel point
l'histoire vient en corroborer la justesse.

« En abordant le côté pratique de la question, je suis
heureux de trouver, pour appuyer mon affirmation de
tout à l'heure, le témoignage d'un des savants les plus
respectables du siècle dernier.

« Haller, qui avait dirigé ses études d'une manière
toute spéciale sur le sujet qui nous occupe, dit que,
d'après les documents auxquels il a été à même de recourir, il a pu compter plus de *mille* exemples de vies
prolongées de cent à cent dix ans, soixante de cent dix
à cent vingt, vingt-neuf de cent vingt à cent trente,
quinze de cent trente à cent quarante, et six de cent quarante à cent cinquante.

« Or il va de soi que, outre les cas de longévité qui
ont dû se produire sans laisser aucune trace historique, Haller n'entendait pas avoir compulsé tous les
registres, toutes les chroniques qui eussent pu lui fournir
des exemples, et, s'il m'en fallait une preuve, j'atteste-
rais le fait d'un certain *Almanach des centenaires* qu'un
libraire de Paris fit paraître pendant une douzaine d'années au siècle dernier (de 1752 à 1773), et sur les tables
duquel, encore qu'à cette époque les feuilles publiques
qui relatent d'ordinaire ces sortes de faits fussent en

nombre très restreint, on voit figurer, bon an mal an, de cent cinquante à deux cents noms de personnes ayant poussé l'existence jusqu'à la centième année et souvent au delà [1].

[1] Nous ajouterons à l'assertion du docteur Morel que, soixante ans plus tôt (les gazettes étant encore bien plus rares), un chanoine de Sens pouvait cependant dresser, dans un *Journal historique* que possède en manuscrit la bibliothèque de l'Arsenal, une liste de soixante centenaires environ pour la France seulement et pour la seule année 1700. Voici quelques extraits de cette liste :

Ant. Leblanc, maître d'école d'Armentière, en Gascogne, cent huit ans.

Ponsot (Noël), au diocèse de Reims, cent quatre ans.

Veuve Remant, à Vienne en Dauphiné, cent quatre ans.

N***, vigneron près de Bordeaux, cent vingt-cinq ans.

Aut, même lieu, cent sept ans.

Antoinette de Labe, en Bretagne, cent cinq ans.

Michel Sandrin, près de Versailles, cent quatre ans.

Le sieur de la Valade, à Loudun, cent sept ans.

Le sieur de Sudre de Saint-Brévin, cent sept ans.

Marguerite Pinelle, à Paris, cent quatre ans.

Veuve Montespan, à Léon de Béarn, cent deux ans.

Germain Tapin, à Bettancourt, cent trois ans.

Anne Gelousac, cent vingt-deux ans.

François Maquet, vicaire de Tugny, au diocèse d'Amiens, cent dix ans.

Françoise Thierry, de la paroisse de Tollai, ayant travaillé aux dernières moissons avec beaucoup de vigueur, cent trois ans.

Au hameau de Saint-Guy, diocèse de Limoges, un mendiant âgé de cent trente ans.

La dame de Buclicat, religieuse de l'Annonciade de Bordeaux, meurt en 1699, âgée de cent quinze ans, ayant pris le voile en l'année 1599.

Pierre Dumas, vigneron à Montpellier, âgé de cent trois ans, a travaillé jusqu'à son dernier jour.

Le 14 août 1700 meurt, âgé de cent deux ans, Hubert Couture, messager à pied de Lille à Arras, ayant fait huit jours auparavant son voyage ordinaire, etc. etc.

(*Journal historique* de Jacques Chaumont, chanoine en l'église de Sens. Bibl. Ars., MM. 5771-5774.)

« Quoi qu'il en soit, et sans remonter aux patriarches, qui vivaient en des temps trop différents des nôtres, et sur la miraculeuse longévité desquels je ne vous apprendrais rien, passons une revue sommaire des principaux personnages pour qui, depuis les siècles dits profanes, les bornes de la vie ont été reculées au delà du terme ordinaire.

« A tout seigneur tout honneur, — ceci soit dit sans partialité pour la profession que j'exerce, — Hippocrate, que les plus obstinés sceptiques à l'endroit de la science médicale tiennent pour une des plus belles intelligences dont s'honore l'humanité, Hippocrate vécut jusqu'à cent quatre ans ; et, par une coïncidence remarquable, Gallien, cette autre étoile de l'art de guérir, atteignit, en des temps plus rapprochés de nous, le même âge que son fameux devancier.

« Démocrite, qu'une légende, assez mal justifiée par le caractère aussi sérieux que profond de ce philosophe, nous représente riant sans cesse aux éclats des misères de son prochain, mourut, dit Lucien, d'abstinence mal réglée à cent cinq ans.

« Solon, Thalès, Pittacus, virent un siècle presque entier, ainsi que Zénon, le chef des stoïciens.

« Sophocle avait, assure-t-on, plus de cent ans quand il expira, selon les uns, par suite de la joie que lui causa le succès d'une de ses tragédies, et, selon les autres, du chagrin causé par l'ingratitude de ses fils.

« Théophraste, le moraliste grec, nous apprend lui-même, dans la préface de ses *Caractères*, traduits et imités par notre la Bruyère, qu'il composa ce livre à l'âge de quatre-vingt-dix-neuf ans.

« Valère Maxime, dans son chapitre des vieillesses mémorables, cite Perpenna, qui resta seul survivant de tous les sénateurs qu'il avait convoqués pendant son consulat, et compta plus de jours que l'auguste compagnie tout entière ne comptait d'ans ; Q. Fabius Maximus, qui exerça

pendant soixante-deux ans les fonctions d'augure, auxquelles il n'était parvenu qu'étant déjà dans toute la force
de l'âge ; Térentia, l'épouse de Cicéron, qui atteignit la
centième année ; et celle du sénateur Aufilius, Clodia, qui
entra dans la cent quinzième.

« A ces exemples tirés des annales latines le même
auteur joint celui de Massinissa, ce roi de Numidie qui,
s'étant allié aux Romains contre les Carthaginois, décida
du gain de la fameuse bataille de Zama, où périt l'empire
de la vieille cité africaine. Établi souverain sur la plus
grande partie du territoire conquis, il régna encore près
de trois quarts de siècle, et devint, par la vigueur de sa
vieillesse, le plus étonnant des hommes. Cicéron rapporte que, même dans l'âge le plus avancé, aucune pluie,
aucun froid ne pouvait le forcer à couvrir sa tête. On dit
qu'il se tenait debout plusieurs heures de suite à la même
place, les pieds immobiles, jusqu'à ce qu'il eût lassé dans
cette espèce de lutte les jeunes gens les plus robustes ; les
affaires voulaient-elles que tout le jour il marchât ou de-
meurât sur son siège, il ne paraissait pas pour cela
éprouver la moindre fatigue. Les ans ne lui firent abandonner aucun des soins ni des travaux auxquels il se livrait pendant sa jeunesse. Quand il monta sur le trône,
la province était presque partout inculte et déserte ; à la
fin de son long règne elle était devenue une des plus fer-
tiles, des plus riches du monde.

« Le grand orateur cite encore le maître d'Isocrate,
Gorgias de Leontium, qui, à cent sept ans, n'avait pas
cessé un seul instant d'étudier et de travailler. Comme on
lui demandait quel plaisir il trouvait à vivre aussi longtemps : « Je n'ai, dit-il, aucun motif de me plaindre de
« la vieillesse. »

« Isocrate, d'ailleurs, — c'est Cicéron qui l'affirme, —
avait quatre-vingt-quatorze ans quand il composa le livre
intitulé *Panathénaïque,* et vécut cinq ans encore après
l'avoir écrit.

« Il approchait d'un siècle, ce poète Cratinus, dont parle Horace, quand il mourut de douleur en voyant un tonneau rompu répandre la précieuse liqueur qu'on y avait renfermée, et cet Aristarque de Tégée qui disait : « Je ne puis écrire ce que je voudrais, et je ne veux pas écrire ce que je pourrais ; » et aussi ce Varron, ami de Cicéron, qui passa pour le plus savant des Romains de son temps.

« Sous l'empereur Claude, on voyait à Bologne un certain Fulonius âgé de cent cinquante-deux ans, et, dans la même ville, sous Vespasien, vivait Lucius Terentius, qui comptait juste un siècle et demi. Pline parle encore avec étonnement du musicien Xénophile, qui, à cent cinq ans, paraissait n'en avoir que cinquante, et du botaniste Castor, qui, à cent trois ans, n'avait aucune incommodité et cultivait son jardin avec une ardeur toute juvénile.

« Mais peut-être vous sembleront-ils encore suspects ces exemples empruntés à des auteurs dont les écrits sont entachés en plus d'un lieu, il faut bien le reconnaître, d'un penchant manifeste à la crédulité ; c'est pourquoi nous allons nous diriger, — mais non sans faire quelques stations sur la route, — vers des temps où nous trouverons des annalistes connus qui devront nous sembler, par la force même des choses, plus dignes de foi.

« La longévité était en quelque sorte de tradition parmi les anciens anachorètes et les premiers Pères de l'Église ; mais si je citais les centenaires saint Jérôme, saint Antoine, saint Siméon (qui passa quarante-sept années sur une colonne), saint Remi, fameux par le sacre de Clovis ; si j'évoquais ce saint Servais qui avait vécu trois âges d'hommes, circonstance qui lui valut la dévotion particulière de Louis XI, le roi qui ne voulait pas mourir, vous m'objecteriez que les Bollandistes, auxquels j'aurais dû nécessairement recourir en ce cas, sont de véritables spécialistes en légendes.

« Noterai-je qu'Attila, le terrible fléau de Dieu, avait cent vingt-quatre ans lorsqu'il mourut des suites d'une débauche? Légende, diriez-vous peut-être encore, et je n'aurais aucune autorité solide à vous opposer.

« Parlerai-je du Cincinnatus germanique Primislas, qui, vers 620, conduisait la charrue, quand le choix d'une princesse fit de lui le premier duc ou roi de la nation de Bohême, sur laquelle il régna jusqu'à plus de cent ans? de Piast, autre paysan qui, renommé pour cultiver la terre et pour tirer beaucoup de miel de ses ruches, fut élu roi de Pologne en 824, après que Papel et sa famille eurent été dévorés par les rats? Légende sans doute et toujours légende.

« Quittons donc résolument les sphères légendaires. »

Ici le docteur tira de sa poche un calepin qu'il ouvrit à côté de lui, et sur les feuillets duquel il parut vouloir chercher les éléments de son discours; nous le regardions avec quelque étonnement.

« Mon Dieu! fit-il en souriant, je ne vous dissimulerai pas que, ne fût-ce, comme vous le disiez tout à l'heure, que par tendresse filiale, cette question de la longévité a pour moi un grand intérêt. Depuis quelques années, j'en fais à loisir, bien entendu, l'objet d'une étude assez régulièrement suivie. Je prends des notes au cours de mes lectures; je recueille des faits, des observations. Rien ne dit même qu'un de ces jours je ne mettrai pas en ordre tout cela, pour faire connaître, moi centième peut-être, mon avis sur ce point. Voilà comment il se fait que, ce sujet étant par hasard abordé, je me trouve à même de le traiter un peu moins aventureusement que tel ou tel autre, et voilà pourquoi, s'il vous plaît que je continue, vous devrez m'autoriser à jeter de temps en temps les yeux là dedans; car, pour employer la pittoresque expression de Montaigne, « n'ayant plus guère de mémoire, je m'en suis fait une de papier. »

— Accordé! accordé! » firent les convives.

Le docteur poursuivit :

« Voulez-vous que, pour prendre pied dans le domaine des faits probables, je vous entretienne d'Alain de l'Isle, dit *le Docteur universel*, qui, né en 1200, était encore en 1299 une des lumières de l'enseignement à Paris ?

— Euh ! euh ! fit le cousin Bernard, passons.

— Parlerai-je de ce vieillard italien qui, à l'occasion du jubilé de 1300, fut présenté au pape Boniface VIII, et lui déclara se souvenir fort bien, ayant alors sept ans, que son père, se rendant à Rome en 1200, pour gagner les indulgences, lui avait conseillé de suivre son exemple, cent ans plus tard, s'il était encore de ce monde ?

— Où as-tu pris l'anecdote ? demanda l'ex-avoué à son fils.

— Dans des mémoires pour la vie de Pétrarque.

— La garantie ne me semble pas irréprochable.

— Eh bien ! vous plaît-il le fait de certain cardinal d'Armagnac qui, passant dans je ne sais quelle rue de n'importe quelle ville, aperçut un vieillard pleurant à la porte d'une maison :

« Eh ! mon brave homme, qu'avez-vous à sangloter « ainsi ?

« — C'est que mon père m'a battu, pour avoir passé « devant mon grand-père sans le saluer.

« — Quel âge a donc votre père ?

« — Cent trois ans, Monseigneur.

« — Et votre grand-père ?

« — Cent vingt-trois. »

« Est-ce encore de la légende ? Je serais presque tenté de le supposer ; mais je trouve la chose rapportée sous la date précise du 31 juillet 1554, et le soin pris de cette désignation m'inspire une sorte de confiance.

« Quoi qu'il en soit, c'est vers la même époque que Brantôme disait : « J'ai vu Mme de Morevil, mère de la « marquise de Merzière, et grand-mère de la princesse « dauphine, en l'âge de cent ans, aussi fraîche, aussi

« belle, aussi dispose et saine qu'en l'âge de cinquante
« ans. » Le seigneur de Bourdeilles ajoute : « Elle était
« tante de Mme de Bourdeilles, femme de mon frère aîné. »

« Nous voilà par conséquent sur le terrain des solides
affirmations, tâchons d'y rester.

« Il était contemporain de Brantôme, ce Titien dont
Charles-Quint s'honorait de ramasser le pinceau, et qui,
à quatre-vingt-dix-neuf ans, produisait encore des chefs-
d'œuvre, lorsqu'il fut emporté par la peste qui désola
Venise en 1576. Voltaire a dit de lui que Dieu, par ce
grand âge, lui avait donné un acompte sur son immortalité.

« Quelque quinze années après la mort du grand
peintre vénitien, notre poète Malherbe écrivait, pour la
tombe d'un gentilhomme de ses amis mort à cent ans,
cette épitaphe devenue célèbre :

> N'attends, passant, que de ma gloire
> Je te fasse une longue histoire,
> Pleine de langage indiscret.
> Qui se loue irrite l'envie;
> Juge de moi par le regret
> Qu'eut la mort de m'ôter la vie.

« C'est à l'année 1605 que de Thou rapporte la mort
de Robert Constantin, lexicographe grec et médecin, né
en 1502, et aussi celle d'un paysan hollandais qui meurt
au même âge, suivi dans un monde meilleur, à trois
heures de distance, par sa femme, âgée de cent ans.

« En 1619, avait cent trois ans Antoine Arnaud, avocat
au parlement de Paris, et chef de cette famille dont le
nom jeta tant d'éclat sur l'histoire de Port-Royal.

« J'avance, en faisant se succéder chronologiquement
un seul exemple pour chaque période, mais n'en concluez
pas que j'épuise ma liste. D'ailleurs, plus je vais, et plus
les rangs des centenaires deviennent compacts, impo-
sants.

« Vers le milieu du dix-septième siècle, on porte solennellement un jour, à Notre-Dame-de-Liesse, une pierre, ou plutôt, pour parler le langage technique, un *calcul* énorme, qu'on suspend, en façon d'*ex-voto*, dans une chapelle, par un cordon de vermeil, sur lequel le donateur a fait graver l'inscription suivante : *Cette pierre a été tirée de François-Annibal d'Estrées, duc et pair, premier maréchal de France, par la grâce de Dieu et l'intercession de la sainte Vierge, le 15 septembre 1654.* Or ce maréchal d'Estrées, qui n'était autre que le frère de la belle Gabrielle, de trop galante mémoire, avait quatre-vingt-deux ans lorsqu'on lui fit cette terrible opération, qu'il eut pourtant raison d'affronter avec courage, puisqu'elle devait lui donner encore plus de vingt années d'heureuse existence.

« Nous voici maintenant en présence de deux individus que je puis appeler classiquement fameux dans les fastes de la longévité.

« Harvey, qui, vous le savez, découvrit la circulation du sang, raconte, dans les *Transactions philosophiques*, que, le 9 octobre 1635, fut présenté au roi Charles Ier d'Angleterre Thomas Parr, paysan qui était né en 1483, et qui, parvenu à cet âge de cent cinquante-deux ans, n'éprouvait d'autre affaiblissement que celui de la vue et de la mémoire. Dieu sait combien de jours étaient encore promis à ce patriarche, s'il se fût abstenu du voyage de Londres; car sa mort, qui arriva peu de temps après, doit être imputée, de l'avis d'Harvey lui-même, qui fit l'autopsie de son corps et trouva la plupart des organes encore sains et robustes, au changement d'air et de régime.

« Transplanté dans l'air épais de la grande cité, dit Flourens, comblé de soins, au milieu de la famille opulente qui l'avait recueilli, passant brusquement à une nourriture trop abondante, et même à un peu d'excès de vin, les fonctions se trouvèrent comme accablées et le corps entier mis en désordre.

« Thomas Parr, — qui a d'ailleurs fourni à Dickens le sujet d'une de ses plus charmantes nouvelles [1], — s'était remarié à cent vingt ans ; à cent trente il labourait et moissonnait encore. Il avait vécu sous dix rois, et avait vu quatre fois la religion nationale changer officiellement.

« Henri Jenkins, — c'est l'historien Robinson qui le dit, et Flourens le répète, — était un pauvre pêcheur du Yorkshire qui, à cent ans, traversait encore les rivières à la nage et qui vécut jusqu'à cent soixante-neuf ans (1500-1669). On l'appela un jour en témoignage pour un fait datant de cent quarante ans. Il comparut, accompagné de ses deux fils, dont l'un avait cent et l'autre cent deux ans.

« Ce Jenkins, à qui un biographe parcimonieux a voulu retirer quelques années pour réduire sa vie à cent cinquante-sept ans, et Thomas Parr, dont nul ne peut contester le grand âge, étant généralement regardés comme ceux de tous les hommes qui, aux temps modernes, ont fourni la plus longue carrière, je crois que je ferai bien de ne pas trop m'arrêter devant ces phénoménales exceptions, si je ne veux pas que, par comparaison, les personnages dont j'ai encore à vous entretenir ne semblent autant d'adolescents aspirant au titre de vénérables.

« Et d'abord laissons ces rustiques. Je vous présente Laurent Leclerc, orfèvre et dessinateur du pays messin, qui fut père de Sébastien Leclerc, l'honneur du burin français, et qui, à cent cinq ans (1695), étonnait encore ses concitoyens par sa vigueur, sa bonne santé et la gaieté de son caractère ; puis Jean-Léonor le Boucher, doyen des conseillers au bailliage de Caen, qui atteignit l'âge de cent huit ans (1680), ayant possédé sa charge pendant soixante-douze ans, et dont le fils, Henri le Bou-

---

1 *Petit bonhomme vit encore, ou Cent cinquante ans de l'histoire d'Angleterre*, traduit par la *Revue Britannique* en 1858.

cher, vécut jusqu'à cent seize ans ; puis le père Jean
Côrnes, docteur de la Faculté de Paris, qui mourut à
Seyssel, en 1666, âgé de cent onze ans, après avoir été
le confesseur du saint évêque de Genève, François de
Sales ; puis le frère du fameux abbé réformateur de la
Trappe, Henri le Bouthelier de Rancé, qui, au dire de
la *Gazette de France,* mourut en 1726, dans la cent unième
année de son âge...

« Mais voici que j'ai abordé le dix-huitième siècle, et
c'est maintenant par véritables légions que, grâce aux
moyens de publicité, les centenaires se présentent à moi.

« Saluons François Secardi Hongo, dit Huppozoli, qui,
lorsqu'il s'éteignit, le 27 janvier 1702, à Smyrne, où il
était consul pour les Vénitiens, comptait cent quatorze
ans dix mois douze jours. Sa vue, son ouïe, sa mémoire,
son agilité étaient surprenantes ; il faisait encore à pied
jusqu'à cinq et six lieues par jour.

« Une révérence à Jacques Poncy, chirurgien, qui, en
1724, avait cent trois ans et nulle infirmité.

« Maintenant, écoutons l'opiniâtre antagoniste de Voltaire, la Beaumelle, nous dire une histoire d'aventurier :

« Huguétan, originaire de Lyon, réfugié, pour cause
de religion, en Hollande, y fit une grande fortune à
vendre des bréviaires et des missels. Il revint en France,
où il acquit la confiance de Louis XIV. Mais, abusant de
cette confiance, il signa des lettres de change pour plusieurs millions et révoqua, par le même courrier, les
ordres qu'il avait donnés à ses correspondants; puis il se
retira à la Haye, où il épousa la fille illégitime d'un
prince de Nassau, et obtint le gouvernement de la ville
de Viane. La France voulut le faire enlever pour lui demander raison de ses friponneries. Un capitaine Gauthier
se chargea de l'expédition ; on corrompit un valet de
chambre, qui le livra. Saisi, garrotté, bâillonné, il fut
jeté dans une voiture close et conduit jusqu'aux frontières
de Hollande, sans que nul eût le moindre soupçon du

rapt. Mais, à la dernière barrière, un soldat qui avait aperçu une robe rayée au moment où Gauthier sortait du carrosse pour donner quelques ordres, ouvrit la portière pour voir la belle que les voyageurs cachaient avec tant de soins. Au lieu d'une femme, il vit un homme en bonnet de nuit, les fers aux mains, un bâillon à la bouche. La barrière se referma ; Gauthier et ses recors furent saisis et mis à mort.

« Huguétan, délivré, offrit ses services à la cour d'Angleterre, qui les refusa, et à celle de Vienne, qui le fit baron. Après avoir erré en divers pays, toujours poursuivi par ses craintes et par ceux qu'il avait offensés, il s'établit à Hambourg, où il introduisit un système de commerce qui mit la Bourse de cette ville dans un désordre extrême. Le magistrat le pria d'en sortir ; il porta en Danemark ses richesses et son esprit. On vit alors ce que peut un seul homme. Il tira ce pays de la barbarie, y établit des compagnies maritimes, des manufactures de laine et de soie et une banque, qui n'était rien moins que systématique. Consulté sur tout, quoique sans emploi, il accrédita si bien les bons principes de l'administration des finances et du commerce, que les républiques les plus soupçonneuses prirent confiance dans la probité de ce gouvernement, bien qu'il fût purement despotique. Frédéric IV érigea pour lui et ses descendants la terre de Guldenstein en comté, et Huguétan en prit le nom. Il obtint la clef de chambellan et le cordon blanc de l'ordre du Danemark. Il vécut avec beaucoup de magnificence, augmentant son bien en marchand et le dépensant en seigneur. S'étant retiré à Holstein, il fit un si grand vide à Copenhague, qu'il y fut rappelé. « Je ne l'ai vu qu'âgé « de cent huit ans (c'est la Beaumelle qui parle), mais « il passait encore à bon droit pour l'homme le plus « aimable dans la société, le plus prévoyant dans le con- « seil, le plus droit dans le commerce et le plus compa- « tissant pour les pauvres. » Quoique la librairie reli-

gieuse eût commencé sa fortune, il n'avait lu d'autre auteur que Rabelais ; quoique la cour de France ne l'eût
pas favorisé au gré de ses désirs, il aimait uniquement la
France. Sa fille fut mariée à un ambassadeur d'Espagne.
Il refusa une de ses petites-filles à un prince du sang
royal de Danemark, et enfin il mourut en 1750, « du
chagrin de n'avoir pu obtenir le cordon bleu de l'Éléphant [1]. » Vanité des vanités ! Voilà sur quel écueil allait
échouer cette remuante personnalité, qui devait pourtant
connaître la mesure des grandeurs humaines.

« J'en passe, je ne dis pas des meilleurs, mais des plus
authentiques, et j'arrive à Fontenelle, le placide et spirituel philosophe qui, jusqu'au dernier moment, con-
serva cette délicatesse de pensée, cette subtilité d'expression qui avaient fait de lui un des hommes les plus
recherchés de son siècle. *Siècle* vient ici bien à propos,
puisqu'il ne s'en fallut que d'un mois pour que l'auteur
de la *Pluralité des Mondes* le parcourût en entier.

« — Voilà, disait-il, étant tout près de sa fin, la pre-
« mière mort que je vois. »

« Et questionné par son médecin sur ce qu'il éprouvait :

« — Je ne sens, répondit-il, autre chose qu'une grande
« difficulté d'être. »

« Quelques années auparavant, quand à la surdité
avait succédé pour lui un certain affaiblissement de la vue :

« — J'envoie devant mes gros équipages, » avait-il dit
en souriant.

« Il paraît d'ailleurs qu'on devenait vieux en la fréquentation de ce roi de l'esprit. On raconte qu'en 1750,
lorsqu'on remit à la scène son opéra de *Thétis et Pélée*,
Fontenelle se trouva dans la même loge où il était
soixante et dix ans auparavant, avec deux de ses amis,

[1] L'ordre de l'Éléphant est mis en général au même rang que
celui de la Jarretière et de la Toison d'or. Il ne se donne qu'aux
souverains, aux princes, aux ministres et aux fonctionnaires
les plus éminents. (Maigne, *Science des armoiries*.)

qui avaient assisté à la première représentation de l'ouvrage en 1680. Or, comme l'auteur de l'opéra avait vingt-
quatre ans lors de cette première représentation, comme
il est permis de supposer que ses amis devaient être à peu
près du même âge que lui, et que la mort ne les prit
pas immédiatement au sortir de la nouvelle représentation, nous nous trouvons, je crois, en face de deux ano-
nymes d'âge fort respectable.

« Le 9 janvier 1759, Voltaire envoyait de Ferney à une
dame Lullin (de Genève), qui, la veille, avait eu cent
ans accomplis, une guirlande de fleurs encadrant ce
quatrain :

> Nos grands-pères vous virent belle,
> Par votre esprit vous plaisez à cent ans ;
> Vous méritiez d'épouser Fontenelle,
> Et d'être sa veuve longtemps.

« Je donne maintenant la parole au jésuite Cerutti,
que devait toucher un véritable rayon de gloire littéraire et patriotique le jour où il prononça l'éloge funèbre
de son ami, le grand orateur Mirabeau :

« Pendant un voyage que je viens de faire en Franche-
« Comté, écrit-il dans le *Journal de Paris*, du 20 octobre
« 1788, on me parla d'un vieillard qui avait cent dix-
« neuf ans... MM. les curés de Montargis et de Saint-
« Julien me conduisirent vers la maison qu'habite ce pa-
« triarche... Nous le trouvâmes assis sur un banc de
« pierre placé à la porte de sa maison. C'est là que tous
« les jours il vient se reposer, ou plutôt se ranimer au
« soleil. Quand nous arrivâmes, il dormait. Son sommeil
« était le plus paisible du monde, sa respiration facile,
« les battements de son pouls réglés et calmes ; les veines
« de son front sont d'un bleu transparent et animé ; toute
« son attitude enfin tranquille et vénérable. Des cheveux
« blancs comme la neige tombaient sur son cou et s'é-

« parpillaient sur des joues où étaient répandues les cou-
« leurs d'une santé enfantine.

« On l'éveilla pour le faire parler. Il me parut moins
« vivant, moins beau. D'ailleurs il est sourd et ses yeux
« sont fort affaiblis; mais il n'a perdu la vue et l'ouïe
« que depuis trois ans. A cent quinze ans, on ne lui en
« eût pas donné plus de quatre-vingts. A cent dix, il

Le vieillard et la croix.

« était encore un des plus infatigables ouvriers du pays,
« à ce point qu'il menait la bande des faucheurs à l'é-
« poque de la fenaison. A table, il ne se distinguait pas
« moins par son gaillard appétit et par des chansons,
« qu'il entonnait d'une voix pleine et retentissante...
« Vers le même âge, ayant eu le désir de revoir le village
« de Clervaux, où il est né, il s'y transporta à pied et
« y arriva au moment où les habitants étaient en pro-
« cès avec leur seigneur pour la situation d'une croix
« qui devait marquer la séparation de leurs domaines et
« des siens. Le vieillard, à qui l'on parla de cette discus-
« sion, alla examiner la croix que les gens d'affaires du
« seigneur disaient borner les terres de leur maître, et

« reconnut que ce n'était pas celle qui servait de limite
« autrefois. Puis il conduisit les habitants qui l'accom-
« pagnaient vers un tas de pierres très élevé et placé à
« une lieue de là. Et, s'étant mis de concert avec eux à
« écarter les pierres, il découvrit au-dessous la croix an-
« tique et véritable, qui avait fait naître et qui termina
« le procès.

Le grand seigneur et les maçons.

« Dans sa première jeunesse, il a été au service de
« M. de ***, un des plus grands seigneurs de la province,
« mais qui exerçait encore toute la tyrannie féodale que
« beaucoup de gens regrettent. Il raconte qu'un des plai-
« sirs de son illustre maître était d'abattre à coups de
« fusil les maçons qui travaillaient à finir son château.
« Il appelait ce plaisir tout seigneurial *la chasse aux*
« *vilains*. Le vieillard ajoute, il est vrai, qu'après avoir
« assassiné ces maçons, il les faisait enterrer avec une
« certaine pompe et se chargeait de l'entretien de leur
« famille. Il tuait volontiers, mais il payait bien.
« Informé de l'existence de Jean Jacob (c'est le nom
« de notre centenaire), le ministre, M. de Maurepas,

« s'intéressa vivement à lui et lui obtint du roi une pen-
« sion de cent francs. Il est impossible de peindre l'émo-
« tion de ce vieillard au seul nom du souverain :

« — Si j'avais quelques années de moins, m'a-t-il dit,
« j'irais le remercier à Versailles ; mais je ne saurais, et
« mes remerciements ne peuvent aller à lui que par le
« ciel, qui est le voisin et l'ami de tout le monde. »

« Cela s'écrivait, comme la date nous l'indique, en
pleine et tranquille monarchie absolue ; mais, en ce
temps-là, les événements allaient vite.

« J'ouvre le *Moniteur* du 24 octobre 1789, et j'y lis, sous
la rubrique : *Assemblée nationale,* séance du vendredi 23 :

« ... On annonce un vieillard de cent vingt ans, né
« dans le mont Jura.

« M. l'abbé Grégoire demande qu'en raison du respect
« qu'a toujours inspiré la vieillesse l'assemblée se lève
« lorsque cet étonnant vieillard entrera.

« Cette proposition est accueillie avec transport. Le
« vieillard est introduit. L'assemblée se lève. Il marche
« avec des béquilles, conduit et soutenu par sa famille ;
« il s'assied dans un fauteuil vis-à-vis le bureau et se
« couvre. La salle retentit d'applaudissements.

« Il remet son extrait baptistaire. Il est né à Saint-
« Sorbain, de Charles-Jacques et de Jeanne Bailly, le
« 10 octobre 1669 (il porte le nom de Jean Jacob).

« UN DÉPUTÉ. — Ce vieillard a constamment rempli
« ses devoirs de citoyen utile jusqu'à cent cinq ans. Le
« roi lui a donné une pension de deux cents livres ; mais,
« pour que sa famille se souvienne de cette journée, vo-
« tons parmi nous une contribution qui, quelque mo-
« dique qu'en soit le produit, rendra plus tranquilles les
« jours de ce vieillard respectable à tant de titres, et de-
« viendra pour sa famille un précieux héritage. »

« L'assemblée charge MM. les trésoriers des dons pa-
« triotiques de recevoir cette contribution.

« M. le président dit que M. Bourdon de la Cosnière,

« auteur d'un plan d'éducation nationale présenté à l'as-
« semblée, faisant entrer dans les leçons qu'il donne le
« respect et le culte de la vieillesse, demande à recueillir
« ce vieillard, qui sera servi dans l'école patriotique par
« les jeunes élèves de tous les rangs.

« M. LE VICOMTE DE MIRABEAU. — Faites pour ce vieil-
« lard ce que vous voudrez, mais laissez-le libre.

« M. LE PRÉSIDENT *au vieillard*. — L'assemblée craint
« que la longueur de la séance ne vous fatigue, et vous
« engage à vous retirer. Elle désire que vous jouissiez
« longtemps du spectacle de votre patrie devenue entiè-
« rement libre... »

« Après son voyage à Paris, Jean Jacob, plus heureux
que Thomas Parr, retourna dans ses montagnes, où il
vécut jusqu'en 1794, c'est-à-dire jusqu'à la cent vingt-
cinquième année de son âge.

« Puisque j'ai ouvert le *Moniteur*, je vais le feuilleter
pour abriter mes assertions sous sa grave autorité.

« Le 4 messidor an IX s'éteint à Habas, dans les Landes,
Catherine Bernet, âgée de cent cinq ans et **vingt-deux**
jours ; son mari est mort à quatre-vingt-seize ans.

« Le 7 vendémiaire de la même année, le sous-préfet
de Ruffec écrit au ministre de l'intérieur « qu'il vient de
« découvrir, dans la commune d'Ébréon, un vieillard âgé
« de cent huit ans. C'est un bon vigneron qui se tient en-
« core aussi droit qu'un jeune homme. Il a conservé
« toutes ses dents ; ses cheveux sont restés aussi noirs
« qu'ils l'ont toujours été. »

« Le 3 pluviôse an X : « Il existe en ce moment à Se-
« condigny, dans les Deux-Sèvres, un vieillard de cent
« six ans qui jouit encore d'une excellente santé. Il voit
« très bien sans lunettes et n'a perdu ni dents ni che-
« veux. Pendant les guerres civiles, les Vendéens s'em-
« parèrent de Secondigny et maltraitèrent la population.
« Le bon vieillard allait recevoir le coup mortel lorsqu'il
« s'écria :

« — Quoi! vous ne respecterez pas mes cent ans !

« Soudain la fureur s'arrêta et la vie lui fut accordée. »

« Le sous-préfet qui relate ce fait recommande pour une pension, que le premier consul ne refusera pas, cet « homme qui a vécu sous Louis XIV et qui a été assez « heureux pour voir Bonaparte. » Bien trouvé, monsieur le sous-préfet !

« Le 10 germinal an X, meurt à Pontoux, dans le « Jura, presque dans le pays de Jean Jacob, Claude-Jo- « seph Juhan, âgé de cent dix-huit ans, toujours robuste, « intrépide chasseur. Il tomba malade il y a quarante « jours, fit appeler le notaire, afin de dresser son testa- « ment; mais, par un sentiment de dignité, il se leva « pour dicter ses dernières volontés. »

« Prairial, même année : « La commune de Gueures, « canton de Bourg-Dun (Seine-Inférieure), possède un « vieillard, âgé de cent quatre ans, qui a encore dansé à « la dernière fête patronale du pays. »

« Le 29 thermidor an IX (1801), on écrivait de Tours :

« Parmi les militaires qui habitent cette commune, il « en existe un âgé de cent trois ans, nommé Jean Thurel, « né à Orain (Côte-d'Or) en 1698. Il s'est engagé au ré- « giment de Touraine en 1716 ; il a servi depuis sans « interruption, comme simple fusilier, n'ayant jamais « voulu d'avancement. Il a reçu un coup de fusil au siège « de Kehl, en 1733, et sept coups de sabre à la bataille « de Minden, en 1759. Il a eu trois frères tués à Fon- « tenoy. Il a fait toutes les guerres d'Allemagne. Cet « homme jouit encore d'une bonne santé. Sa mère a vécu « cent dix-huit ans, et un de ses oncles cent trente. »

« Or ce Jean Thurel, qui avait été présenté à Louis XVI, que Napoléon décora comme doyen de l'ar- mée, et qui comptait plus de quatre-vingt-douze ans de service non interrompu, ne s'éteignit que le 10 mars 1807, à l'âge de cent huit ans.

« En 1811, le médecin Dufournel, âgé de cent douze

ans, est reçu en audience d'honneur par l'Empereur.

« En 1812, à Lemberg (Pologne autrichienne), meurt un tisserand du nom de J. Urssulack, âgé de cent seize ans, qui n'avait jamais éprouvé le moindre malaise, et qui, six heures avant le dernier soupir, poussait encore la navette.

« La même année, le même journal officiel signale à Luttaries (Calabre) une femme âgée de cent dix ans, un juif de cent huit ans à Fremtz (Prusse); en 1813, un Portugais, Gomes Carvallis, qui meurt à Amsterdam, âgé de cent sept ans, ayant gardé toutes ses dents et n'ayant jamais eu besoin de lunettes.

« Le 24 août 1822, à propos de l'inauguration de la statue équestre de Louis XIV, sur la place des Victoires, il est question de pierre Huet, soldat, âgé de cent quinze ans, qui a été nommé gardien de la statue du souverain « dont il a vu les traits et dont l'image est encore gravée dans sa mémoire ». Le comte de Chabrol remet solennellement la croix de la Légion d'honneur au vénérable militaire, qui figure à la cérémonie, assis dans un fauteuil placé devant le monument, et qui porte l'uniforme de l'ancien régiment de royal-cavalerie, où il a servi pendant six ans. Pierre Huet est droit, il marche encore aisément; en parlant il gesticule avec feu... La ville fait une pension à ce brave, ainsi qu'à un invalide âgé de cent deux ans, qui est venu à pied pour assister à la fête...

« Trouvez-vous que j'aie poussé ma revue assez loin ? Voulez-vous que j'arrive littéralement jusqu'à nos jours ? j'y consens.

« En 1841, M. Édouard Magnien, de Versailles, publiait sous le titre : *Un Centenaire, supplément à la biographie contemporaine,* une notice sur son grand-oncle, M. Adrien Leroy, né à Paris, le 21 décembre 1738. « Quand je cite, dit-il, la longévité de M. Leroy comme « un fait presque phénoménal, ce n'est pas pour ses cent « deux ans, mais pour l'intégrité de son *moi* physique et

« moral, pour cette possession aussi complète que pos-
« sible des deux biens les plus désirables, des deux meil-
« leurs dons du ciel à l'homme : *Mens sana in corpore sano*
« (une intelligence saine en un corps bien portant). Là
« se montre la merveille ; on ne se figure pas l'aisance
« avec laquelle il porte ses cent deux ans ; il n'a seule-
« ment pas l'air d'y penser ; il ne s'est pas même douté
« jusqu'à présent de cette difficulté d'être dont se plai-
« gnait son modèle Fontenelle, et si j'avais à désigner
« poétiquement l'âge de son esprit, je dirais qu'il compte
« cent deux printemps. »

« Comme témoignage à l'appui de son appréciation,
le neveu donne les stances suivantes, écrites par son
oncle à propos de sa fête séculaire :

> Plus on est vieux, moins on sait plaire ;
> La vieillesse ennuie : on la fuit.
> Triste sort auquel est réduit
> Un trop malheureux centenaire.
>
> Mais, lorsque de parents chéris
> L'amitié près de lui s'empresse,
> Et soutient ses faibles débris,
> Il sent revenir sa jeunesse.
>
> Revenir... non pour les amours ;
> Leurs doux plaisirs sont le partage
> De ces beaux ans, hélas ! trop courts,
> Où l'on est plus heureux que sage.
>
> Mais vivre et mourir en aimant
> Est un bonheur toujours possible,
> C'est par le cœur qu'on est sensible ;
> Il bat jusqu'au dernier moment.

« En vérité, ce témoignage à son prix.
« Vous dirai-je maintenant que, vers 1845, un de mes
confrères du département de la Loire me dit avoir visité, à
Rive-de-Gier, un artisan, un menuisier qui travaillait encore
de la scie et du rabot à cent deux ans, et, au hameau de
Malleval, dépendant de la commune de Saint-Rambert-

sur-Loire, certaine dame Bertrand qui, à l'âge de cent huit ans, allait, venait encore dans la ferme, cousant sans lunettes, entendant parfaitement, et qui ne mourut que par suite du coup moral qui lui fut porté un jour où l'on vint lui apprendre que son fils aîné, plus que nonagénaire, avait perdu la vue : « Ce pauvre petit n'y verra « donc plus rien ! » s'écria-t-elle désespérée ; puis elle s'alita et ne se releva pas.

« En 1857, dit Flourens, un de mes auditeurs m'écrivait ceci : « Vous avez sans doute connaissance du bel « exemple de longévité que nous a donné un de nos com- « patriotes, le nommé Delpeuch, mort il y a quelques « années au village de Mazze, près Saint-Cernin (Cantal). « C'était le doyen de l'armée française. Il avait assisté à « Fontenoy, et faisait partie de ces fanfarons militaires « qui engagèrent les Anglais à tirer les premiers. A l'âge « de cent vingt ans, Delpeuch, qui avait conservé sa « fanfaronnade, se présenta pour tirer au sort, au grand « étonnement du délégué de la préfecture, qui ne s'at- « tendait pas à voir paraître une pareille recrue. »

« Le *Dinanais* du 10 juillet 1859 constate que Mme la vicomtesse de Marigny, sœur de Chateaubriand, est entrée dans sa centième année.

« Enfin voici ce que j'ai lu ces jours derniers dans le journal *la Haute-Loire :*

« Mme Champanach, âgée de cent un ans, vient de « mourir à Issengeaux. Elle s'était mariée, en 1796, « avec le capitaine d'artillerie Champanach, qui com- « mandait l'une des batteries si habilement établies par « Napoléon Ier, alors chef d'escadron, dont le feu terrible « reprit, en 1793, Toulon aux Anglais.

« Mme Champanach, qui, malgré son grand âge, avait « conservé toutes ses facultés, s'est doucement éteinte « au milieu de ses enfants, petits et arrière-petits- « enfants, qui, réunis auprès d'elle, présentaient ce

« spectacle assez rare de cinq générations successives
« appartenant à une même famille. »

« Bornons ici notre carrière, comme dit le fabuliste;
car, outre que je ne saurais guère pousser plus loin, je
crois vous avoir démontré qu'il suffit d'un regard quelque peu attentif jeté sur les annales des divers peuples
pour établir une sorte de chaîne non interrompue de centenaires, depuis les temps les plus reculés jusqu'à nos
jours »

III

LES GROUPES

« Fort bien! dit le luthier, qui n'avait pas mis en
oubli l'article de journal, point de départ de cette dis-
sertation ; mais, docteur, mon bel ami, laisse-moi te
faire remarquer que tu nous cites là une suite d'exemples
qui ne prouvent rien quant à la possibilité de voir réunis
sur un même point un certain nombre d'individus ayant
atteint un grand âge.

— Oh! mon Dieu! répliqua le docteur, ne croyez pas
me prendre au dépourvu : je n'ai encore, comme on
dit, que l'embarras du choix, pour vous donner satisfaction.

— Bah!

— Certes! Ainsi, au dire de Pline (qui, en ce cas, en
mérite créance entière, car sa position d'ami intime des
gouvernants l'avait dû mettre à même de compulser les
documents d'après lesquels il parle), lorsque les empe-
reurs Vespasien et Titus firent opérer le recensement des
populations italiennes, les tables dressées à cet effet donnèrent pour la seule ville de Velleia, près de Plaisance,
six personnes âgées de cent dix ans, et quatre de cent
vingt, et pour la ville de Parme, trois de cent vingt ans
et deux de cent trente.

« Un autre auteur ancien..., mais a beau mentir qui

vient de loin, penserez-vous peut-être. Vous vous méfiez des classiques autorités, en tant qu'authenticité des faits allégués. Eh bien! interrogeons les annalistes modernes, soumis à plus de contrôle.

« En 1613, M. Hoskin, conseiller et juge du royaume d'Angleterre, voulant divertir le roi Jacques Ier, l'invita dans son château, au comté de Worcester, et fit venir dix hommes qui, ayant plus de cent ans chacun, formaient ensemble plus de mille ans, et qui exécutèrent devant le monarque une danse appelée la *moresque*... L'idée dût sembler originale au roi qui s'ennuyait. Ce spectacle grotesque, sinon douloureux, lui causa-t-il un grand plaisir? on ne le dit pas; mais toujours est-il que le fait se renouvela, car voici qu'au dire de l'abbé Desfontaines, il se trouva à Hereford (même royaume), en 1700, douze vieillards que l'on fit danser un jour tous ensemble; leurs âges réunis additionnés composaient un total de douze cents ans.

« On voit dans les questions de l'*Encyclopédie* qu'en 1700, la femme de l'empereur Youtchin, ayant fait des libéralités aux pauvres femmes de la Chine qui passaient 70 ans, on compta dans la seule province de Canton, parmi celles qui reçurent ces présents, 3,453 personnes d'environ cent ans.

« Le curé de Fesigicane en Galice attestait, en 1727, que, dans le cours de l'année 1724, il avait administré les sacrements dans sa seule paroisse à treize personnes âgées de plus de cent ans, savoir : trois de cent dix, une de cent douze, une de cent treize, deux de cent quinze, deux de cent seize, une de cent dix-sept, une de cent dix-huit, une de cent vingt, et enfin une de cent vingt-sept.

« En 1758, au village de Couche, paroisse de Saint-Frezel de Vautalon, diocèse de Mende, mourut une femme nommée Florette Roux, âgée de cent dix-huit ans; son mari avait alors cent treize ans. Au même lieu vi-

La danse des vieillards.

vaient Jean Faye, âgé de cent sept ans, et sa sœur âgée de cent cinq; et dans un hameau voisin se trouvait Marguerite Tourtoulon, âgée de cent treize ans.

« Le médecin naturaliste suédois Rudbeck, qui vivait au commencement du même siècle, assure que, d'après les registres de mortalité signés par son frère, qui était évêque d'un diocèse de douze paroisses, il s'y trouva, dans l'espace de trente-sept ans, deux cent trente-deux individus âgés de cent à cent quarante ans.

« Changeons de latitude : l'abbaye de Saint-Sigismond de Béarn comptait, vers 1760, six ou huit religieuses centenaires; en 1763, on signale sur la seule paroisse de Saint-Sulpice, à Paris, six hommes et quatre femmes âgés de cent à cent cinq ans. En 1765, au diocèse d'Avranches, une femme de charge du vicomte de Mattam était morte âgée de 102 ans. Il se trouva, pour la porter en terre, dans le même pays, cinq femmes, dont l'âge total formait plus de 525 ans; de septembre 1767 à janvier 1768, les registres de la ville de la Haye mentionnent trente-sept personnes âgées de cent ans. A Paris, en 1769, on trouve environ trente centenaires. En 1771, meurt à Liverpool Fleming, facteur, âgé de cent vingt-huit ans, qui laisse soixante et dix descendants, parmi lesquels quatre âgés de cent ans et plus.

« J'aborde le XIXᵉ siècle. A la suite de la cérémonie militaire qui se célébra en messidor 1800, trois invalides âgés l'un de cent quatre, l'autre de cent cinq, le troisième de cent sept ans, se trouvèrent parmi les soldats qui reçurent des médailles au temple de Mars; et, dans le recensement des militaires retraités en 1804, on en vit cinq qui étaient centenaires et à qui l'empereur accorda des suppléments de pension.

« Il y a une dizaine d'années, un journal anglais annonçait le décès de la dame Broadwick, âgée de cent douze ans, qui n'avait consenti à garder le lit que cinq heures avant sa mort, et remarquait que dans le même district existait un homme nommé Michael Gee, âgé de cent vingt ans, qui s'était marié, quatre ans auparavant, avec une jeune fille de seize; et qu'à cinq milles de sa demeure se trouvait un certain M. Hourrigan, âgé de cent quinze ans, lequel faisait tous les matins, par n'importe quel temps, une longue promenade. »

Arrivé là de ses citations, le docteur ajouta :

« Eh bien, monsieur Blanchon, dois-je me mettre en frais de nouveaux exemples, ou admettez-vous dès à présent que les cas de longévité peuvent se produire autrement qu'isolés ?

— *Satisfecit !* prononça l'horloger.

— Moi, reprit le petit charpentier, qui jusque-là n'avait guère apporté à l'entretien qu'une attention fort soutenue, je voudrais faire une motion.

— Motionnez, monsieur Borel, motionnez.

— Vous venez, docteur, de nous donner des centenaires, comme on dit quelquefois, à bouche que veux-tu. Ils ont défilé devant nous depuis le déluge jusqu'à l'heure présente, solitaires ou groupés, que c'était vraiment une bénédiction, et il va sans dire que tous tant que nous sommes ici nous avons instinctivement souri à la perspective de prendre rang à notre tour dans cette respectable galerie. Mais nous nous trouvons dans le cas de gens qui s'ébahiraient aux exercices d'un prestidigitateur, et qui désireraient faire preuve d'une pareille habileté, mais pour qui les notions de l'art merveilleux seraient lettres closes.

— En deux mots, et sans la moindre métaphore, dit le docteur, vous admettez sur la foi des exemples que la durée de la vie humaine peut être prolongée jusqu'au siècle entier, sinon même au delà; mais vous ignorez les voies à suivre pour arriver à cet heureux résultat, et vous voudriez les connaître.

— Oui, reprit le cousin Bernard, et je pose nettement la question : Le moyen de devenir centenaire? Ceci soit, docteur, pour te mettre en demeure de formuler à ton tour une réponse catégorique.

— Amen! » fit le docteur, qui, le nez dans son verre, parut se recueillir un instant.

IV

LES SPÉCIFIQUES

« Le moyen de devenir centenaire ? répéta-t-il après un silence. Je pense, Messieurs, ne rien vous apprendre en disant que vous n'êtes pas les premiers que la solution de cet important problème ait préoccupés. Non, car de tout temps les hommes, même les moins favorisés du sort, aimèrent la vie, et de tout temps ils avisèrent à la conserver, à la prolonger. L'histoire des recherches, des efforts dirigés en ce sens serait, ma foi, bien curieuse à faire. On y verrait les idées les plus extravagantes coudoyer à tout moment les inspirations de la plus sereine sagesse, et l'inanité des procédés les plus follement compliqués y contrasterait avec de surprenants résultats obtenus par les méthodes les plus simples.

« Il va de soi, en effet, que du moment où nombre d'esprits s'attachèrent à poursuivre le même but, les voies prises pour l'atteindre durent être aussi divergentes que nombreuses. Il est dans l'ordre des événements naturels que maint système dut s'édifier, mainte théorie se produire, et Dieu sait souvent quels systèmes, quelles théories !

Ne nous armons pas trop de mépris cependant. L'observateur trouve son bien partout : il n'est guère de conception humaine si dénuée de sens où les yeux de la raison ne puissent découvrir quelque point digne de remarque ou d'attention. C'est pourquoi procédons avec déférence, même pour les apparentes folies.

Je note tout d'abord, mais sans en vouloir tirer aucune conséquence, que les mythologies antiques, inspirées sans doute de la tradition biblique, où la destinée de nos premiers parents repose sur le fruit d'un arbre, nous offrent presque toutes quelque végétal doué de la vertu de conserver indéfiniment l'existence. Et d'ailleurs Plutarque lui-même ne parle-t-il pas très sérieusement d'une sorte d'orge sauvage qui croît sur les bords du Tigre, et que les naturels font bouillir pour en extraire une huile dont ils se frottent le corps, friction qui les préserve de toute espèce de maladie « jusqu'à ce qu'ils cèdent enfin à la nécessité de mourir » ?

« Au moyen âge viennent les philosophes hermétiques qui, vous le savez, ne s'occupèrent pas seulement de la transmutation des métaux, mais aussi de composer cette fameuse *panacée* ou médecine universelle, qui devait rendre l'homme littéralement immortel, et que plusieurs d'entre eux prétendirent avoir découverte.

« Or, comme on est en droit de s'étonner qu'un adepte de la *véritable science* (j'emprunte à l'un d'eux ses expressions) qui est dans la possession absolue de la santé, de l'opulence, vive pourtant dans la misère, et un beau jour paye, comme le premier venu, son tribut à la nature, ils vous répondent que, s'ils sont possesseurs d'une médecine *universelle,* ils se trouvent dans l'obligation de la cacher, sans quoi ils se feraient connaître par ses effets ; et que, s'ils ont réellement à leur disposition le secret de créer de l'or, ils se voient cependant obligés de vivre dans une espèce de pauvreté apparente, pour éviter le fatal danger de devenir, ainsi que leur art même, les esclaves de l'avarice des hommes.

« Ils ajoutent que, si la faculté de pouvoir vivre éternellement est dépendante de leur volonté, les traverses

et les inquiétudes qu'ils sont dans le cas d'éprouver suf-
fisent au delà pour les décourager et les amener jusqu'au
point de renoncer au bénéfice qu'ils retireraient de leur
fatal secret; en sorte qu'il leur semble préférable de se
soumettre à la sentence générale que subit le genre hu-
main, quoique le contraire soit à leur disposition absolue.

« Ne vous disais-je pas qu'on avait toujours chance de
rencontrer quelque chose de bon, même là où l'on ne
comptait trouver que pure insanité d'esprit? N'est-elle
pas, en effet, bien propre à nous consoler de la brièveté
plus ou moins grande de l'existence, la raison que don-
nent, pour y renoncer, ces gens qui pouvaient, si bon
leur eût semblé, ne la quitter jamais?

« Au surplus, à l'époque où les alchimistes opéraient
et où l'on croyait encore à la vertu de leurs mystérieuses
pratiques, il ne faisait pas bon se laisser soupçonner soit
de travailler au grand œuvre, soit d'être nanti de la panacée. J'en atteste certaine historiette qui, en 1687, courut toutes les gazettes.

« La scène se passe à Vienne. En ce temps-là, paraît-il,
les relations dans la grande société de cette capitale
étaient d'une liberté qui touchait à l'inconséquence. Ceci
soit dit pour expliquer comme quoi un signor Geraldi,
sur l'origine et les antécédents duquel personne ne savait
rien, fut admis dans les meilleures compagnies. On avait
cependant fait trois remarques sur sa conduite ou sa personnalité: la première, qu'il avait une collection de très
belles et précieuses peintures qu'il montrait volontiers à
ceux qui désiraient la voir; la seconde, qu'il était très
versé dans les arts et dans les sciences; et en dernier lieu,
qu'il n'écrivait ni ne recevait jamais de lettres, jamais ne
demandait crédit, quelque chose qu'il achetât, et qu'il
ne faisait ni billets ni lettres de change, ayant toujours
l'or ou l'argent à la main pour suffire à ses dépenses qui
étaient considérables.

« Un jour ce Geraldi se trouvait à la taverne avec un

noble Vénitien, grand connaisseur en tableaux, qu'il engagea à venir visiter sa collection. Le Vénitien, s'étant rendu à l'invitation, déclara n'avoir jamais vu un choix de peintures aussi belles et aussi précieuses : au moment de se retirer, il remarqua sur la porte du cabinet un portrait :

« Ah! s'écria-t-il, la ressemblance est parfaite! Après « avoir envisagé attentivement le tableau, vous êtes re-« produit là, on peut le dire, de main de maître. »

A quoi Geraldi ne répondit que par une profonde révérence :

« Mais, reprit le Vénitien, ce que je trouve étrange, « c'est que vous avez tout au plus cinquante ans, et que « je crois m'y connaître assez pour être sûr que ce por-« trait est de notre fameux Titien, mort depuis cent « trente ans au moins, et je ne sais comment cela est « possible.

« — Il n'est, en effet, pas aisé, reprit gravement « l'autre avec un certain embarras, de reconnaître tout « ce qui est possible; mais ce n'est sûrement pas un « crime de ressembler à un portrait autrefois peint par « le Titien. »

« Le Vénitien, craignant alors d'avoir offensé le signor Geraldi, lui fit quelques excuses et se retira. Il ne put cependant s'empêcher de raconter ce qu'il trouvait de singulier dans cette aventure à quelques amis, qui furent curieux de voir cet étonnant portrait.

« Ils se rendirent, en effet, dès le lendemain, à la taverne où l'étranger avait coutume d'aller; mais ils ne l'y rencontrèrent point. L'un d'eux alors se détacha pour aller demander de ses nouvelles dans l'hôtel où logeait notre homme, et il apprit, non sans surprise, que Geraldi avait quitté Vienne le jour même, sans donner aucune raison de son départ; et sans dire où il allait.

« Et l'on en conclut que Geraldi n'était autre qu'un *adepte de la vraie science*, possédant le double secret de la transmutation des métaux et de l'élixir de vie, et prenant la fuite lorsqu'il se croit reconnu, pour éviter le châtiment terrible qu'on n'eût pas manqué de lui infliger.

« Quoi qu'il en fût des dangers auxquels ils s'exposaient, c'était dans l'or, ce roi des métaux, ce mirifique but de toutes leurs recherches, que devait, selon les alchimistes, se trouver le principe régénérateur ou conservateur de l'existence. Aussi les voyons-nous prôner les vertus de l'*or potable*, breuvage dont la formule resta toujours inédite, bien qu'un grand nombre d'ouvrages en aient indiqué et préconisé l'emploi.

« Il faut entendre le moine Bacon, le même à qui l'on a longtemps attribué l'invention de la poudre, recommander au pape Nicolas IV un remède dont l'or réduit en *teinture* était la base. Il prétend que les vertus de ce spécifique divin se manifestèrent la première fois par hasard sur un vieux laboureur du royaume de Sicile. Cet homme, un jour qu'il était affaibli, exténué par le travail, trouva à sa portée un vase rempli d'or, au fond duquel était une liqueur jaunâtre, qu'il crut être une sorte de rosée et qu'il but avec avidité, ce qui ne tarda pas à opérer en lui une si surprenante révolution que, « d'un homme de soixante ans passés, il en offrait à « peine aux yeux un de trente, et que, l'aventure ayant « fait du bruit, il devint valet du roi Guillaume, qu'il « servit, ainsi que ses successeurs, pendant plus de « quatre-vingt-dix ans. »

« Cette histoire, sur laquelle le vieil alchimiste revient par trois fois dans le cours de ses divers ouvrages, tant il la trouve belle et significative, n'obtient de vous, Messieurs, qu'un sourire d'incrédulité; et pourtant, — car tout s'enchaîne dans le monde des idées, — c'est évidemment à de pareilles assertions et à l'observation de quelques faits naturels, que nous devons faire remonter en principe l'école que j'appellerai des *Rajeunisseurs*.

« Il semble fortement avéré qu'on vit maintes fois, chez des gens très avancés en âge, les dents repousser, les cheveux repasser du blanc au noir ou au blond, et plusieurs autres marques de rajeunissement se produire. L'exemple le plus fameux, — à prendre d'ailleurs entre cent que citent des auteurs très dignes de créance, — est celui que rapporte le savant Velasquez de Tarente, d'une abbesse du monastère de Monviedro, laquelle, au moment où elle touchait à sa centième année, après une longue et très grave maladie qu'on jugeait devoir la conduire au tombeau, retrouva pendant sa convalescence de nouvelles dents, une nouvelle chevelure brune et un embonpoint, une fraîcheur qui la faisaient paraître toute rajeunie, à tel point que la respectable religieuse, importunée du concours de curieux qu'attirait de toutes parts cet événement, dut prendre le parti de ne plus se montrer qu'à ses proches parents et à ses intimes amies.

« Or, en des temps où la science n'avait pas encore échappé à l'influence des idées purement spéculatives, il se trouva des hommes de sens profond, qui, de tels exemples étant donnés, purent croire que la nature ne demandait qu'à être aidée dans son œuvre de régénération, et qui s'évertuèrent à découvrir dans les *arcanes* de la nature elle-même la formule du spécifique à mettre en usage.

« C'est ainsi qu'au XIIIᵉ siècle Arnauld de Villeneuve, célèbre chimiste et médecin-français [1], propose, pour opérer le grand travail de rajeunissement, certain régime hautement tonique, qui, s'il n'opérait point de miracle, devait au moins procurer un singulier reconfort à l'individu qui s'y soumettait. Il s'agissait, en effet, de vivre

---

[1] C'est à lui qu'on doit la découverte des trois acides sulfurique, nitrique et muriatique et les premiers essais de distillation.

exclusivement pendant vingt, trente ou quarante jours de chair et de consommé de poulets, exclusivement engraissés avec des boulettes de froment cuit dans du bouillon concentré de vipères et d'herbes aromatiques (le serpent, que remplacerait sans désavantage toute autre espèce de viande, est là, ai-je besoin de vous le faire remarquer? comme représentant symbolique du grand art médical).

« L'usage prolongé de ce *magistère*, à la digestion duquel devaient venir en aide quelques œufs frais et mainte rasade de clairet généreux, était suivi d'une série de bains balsamiques, au sortir desquels on se mettait sur un bon lit tiède, pour y dormir et transpirer au cas échéant, après avoir ingurgité quelques tasses de vin aromatisé; et l'on achevait en s'administrant, par demi-cuillerée « d'argent », une sorte d'électuaire ambré, musqué, où entraient, soigneusement pulvérisés, saphirs, perles, rubis, topazes, émeraudes, sans oublier l'or, qu'on eût été bien surpris de ne pas voir en cette affaire.

« Si donc le cœur vous en dit, ou plutôt si votre tempérament ne s'effraye pas des conséquences incendiaires d'une alimentation pareille, vous pouvez essayer du régime d'Arnauld de Villeneuve, fût-ce même en retranchant les vipères de la première mixtion et les pierres et métaux précieux de la seconde; et je crois que vous ne sauriez vous en trouver mal.

« A vrai dire, l'auteur de ce système ne fut pas à même d'en démontrer personnellement l'excellence, car il perdit la vie à soixante-seize ans dans un naufrage; mais rien ne nous empêche de croire que, sans cet accident, il eût pris rang parmi les archicentenaires célèbres.

« Puisque nous sommes sur le compte des trouveurs de spécifiques, laissez-moi vous présenter le docteur suédois Ivervex, à qui est due la recette de ce fameux *élixir de longue vie*, dont on trouve encore un flacon dans la plupart des officines de bonne femme, et dont je puis, en résumé, vous conseiller l'emploi modéré, comme d'une liqueur douée de quelques vertus stomaco-purgatives. Ce docteur Ivervex mourut, dit-on, vers 1700, à l'âge de cent quatre ans, d'une chute de cheval, et l'on ajoute que sa longévité résultait de l'usage constant de cet élixir, dont le secret était dans sa famille depuis plusieurs siècles, et qui y avait été d'un grand secours, puisque l'aïeul du docteur avait vécu jusqu'à cent trente ans, son père jusqu'à cent douze, et sa mère jusqu'à cent sept, par la seule vertu de cette composition prise à la dose de quelques gouttes chaque jour.

— Çà, fit le cousin Bernard, il me semble, docteur, que tu retournes de gaieté de cœur en plein pays de légendes.

— Non, monsieur Bernard, mais, trouvant sur ma route ces légendes, investies du renom populaire, je ne crois pas devoir passer sans leur tirer mon chapeau. A la vérité, pour quelques spécifiques auxquels j'accorde une mention plus ou moins honorable, je fais tort à vingt autres moins fameux, mais non moins efficaces, soit dit sans ironie. Et d'ailleurs, à bien prendre, tout peut devenir spécifique : il ne s'agit que de l'appropriation aux tempéraments, aux lieux, aux circonstances. Par exemple, voici Jean Constant, dont le *Mercure de France* de 1763 nous conte l'histoire. C'était un lieutenant du régiment de la vieille marine parvenu à l'âge de cent quatorze ans, dans la vie duquel on remarque cette particularité qu'il se trouvait à côté du sieur de Saint-Hilaire, lorsque cet officier eut le bras emporté du même boulet qui tua le grand Turenne en 1675. Jean Constant ne buvait point de vin et n'avait jamais fait d'excès, à cela près qu'il mangeait des quantités énormes de fruits, et notamment de melon.

« Sans aucun doute, celui-là devait être convaincu, par expérience, que les fruits et notamment le melon, réputés funestes à tant d'autres, jouissent des vertus hygiéniques les plus incontestables.

« Voici encore Durand Estival, travailleur de terre du village de Carbonnier, au diocèse de Cahors, qui atteignit la cent vingt-huitième année (1610-1738), et qui assurait n'avoir jamais fait d'autre remède pour se maintenir en bonne santé que de se purger de temps en temps avec de la *poudre à canon*. — Plût à Dieu que la poudre à canon n'eût à se glorifier que de semblables exploits!

« J'appelle encore en témoignage Jean-Georges Paulitsky d'Eylau (Prusse), qui parvient à cent trois ans (1664-1767), et qui, lui, nous affirme que son remède unique dans les quelques légères indispositions qu'il éprouva consista en un petit *verre de vinaigre*, qu'il buvait le matin, comme d'autres prennent de l'eau-de-vie.

« Chez les anciens, qu'il ne faut pas toujours récuser, Pollion Romule avait cent ans lorsque l'empereur Auguste s'informa de lui comment il avait pu se maintenir aussi longtemps vigoureux, et qu'il répondit que c'était en « usant de miel au dedans, et d'huile au dehors ».

« Puis encore chez les modernes Jean Rica, agent de change vénitien, qui arriva à cent seize ans en mâchant continuellement de l'écorce de citron.

« Puis Antoine Bondini, médecin italien (1763), qui vécut jusqu'à cent dix-sept ans, ayant pour régime de manger de la viande assaisonnée d'un peu de sel, et s'abstenant de sortir chaque année pendant tout le mois de mars.

« Puis Élisabeth Varieux, qui en 1829 comptait cent quatorze ans, et qui prenait tant de café qu'elle tenait toujours la bouillotte sur le feu pour en préparer.

« J'irais longtemps ainsi, je pourrais multiplier à l'infini les exemples, en me proposant pour but de vous prouver que tout peut devenir spécifique aux yeux de tel ou tel... et si je devais continuer, je ne passerais point certes sous silence Nicolas Palmer, canonnier à Berwick, qui, âgé de cent cinq ans, prétendait devoir sa verte vieillesse au plaisir ineffable que lui causait la *pêche à la ligne,* intéressante occupation à laquelle il se livrait depuis nombre d'années pendant plusieurs heures chaque jour. J'omettrais encore moins volontiers Henry Macdonel, Irlandais d'origine, qui habitait la Croatie, où il atteignit la cent dix-huitième année, et qui, lorsqu'on lui demandait par quel moyen il avait ainsi prolongé son existence, répondait avec un très sérieux attendrissement que c'était la vertu de son fils qui le faisait vivre. Or ce fils était un capitaine qui, en 1702, pendant la guerre de la succession d'Espagne, ayant fait prisonnier un officier supérieur, refusa la somme considérable que celui-ci lui promettait pour conserver sa liberté, — action généreuse qui avait été grandement louée à cette époque, et qui, dit le gazetier d'alors, « fait les délices du père dans sa vieillesse. »

« Avis aux fils dont les parents seraient susceptibles d'éprouver les heureux effets d'un pareil spécifique... Mais je ne veux pas oublier qu'il n'y a guère ici que des pères ou grands-pères; c'est pourquoi, ne fût-ce qu'à titre d'avis perdu, laissez-moi vous dire quelques mots d'une pratique qui, au siècle dernier, était encore en vigueur chez des nations, ou plutôt chez des castes tout entières, et qui avait pour but de prédisposer les enfants à une très longue existence.

« Je veux parler de la *saupoudration,* qui consistait à couvrir les pauvres petits êtres naissants d'une épaisse couche de sel de cuisine, et à les y laisser bien empaquetés pendant trois à quatre jours, c'est-à-dire jusqu'au moment où l'on pouvait voir que le caustique avait opéré (passez-moi l'expression) une sorte de décortication totale de leur tendre individu. Après cela on leur faisait la grâce de les laver avec du vin ou de l'eau; et on les disait à l'abri de tous maux. Je vous avoue, du reste, que je serais tout disposé à le croire, car pour des malheureux qui, si jeunes, étaient sortis vivants de ce terrible martyre, la plupart des misères physiques qui affectent l'humanité ne devaient plus être vraiment que des bobos sans importance.

« Je vous répète qu'il ne s'agit point là d'un fait isolé, exceptionnel, mais d'une méthode généralement usitée par de certaines populations, et dont les mérites furent d'ailleurs attestés par maint exemple de longévité remarquable. (Je parle ici d'après les auteurs qui ont traité spécialement de la saupoudration.) Vous avez sans aucun doute entendu parler de ce marquis de Saint-Aulaire, à qui une douzaine de petits vers fort légers, composés à soixante ans, valurent, au grand scandale de Boileau, un fauteuil à l'Académie, qu'il devait occuper pendant plus de quarante années; ce Saint-Aulaire qui à quatre-vingts ans écrivait le fameux quatrain :

> La divinité qui s'amuse, etc.

et de qui Voltaire a cru pouvoir dire : « Anacréon moins vieux fit de bien moins jolies choses; » eh bien, Saint-Aulaire, — c'est un célèbre hygiéniste du siècle dernier qui nous l'apprend, — avait été *saupoudré* à son arrivée en ce monde; et le vieux bel-esprit était si parfaitement convaincu de devoir à cette barbare précaution son inaltérable santé et ses longs ans, qu'il faisait le possible pour qu'on y soumît tous les enfants qui naissaient dans sa famille ou chez ses amis.

« Maintenant que je vous ai mis à même de constituer de futurs centenaires si l'occasion s'en présente, je retourne aux rajeunisseurs. Le médecin allemand Cohausen trouva la base d'un système de rajeunissement dont il exposa les principes (en 1742) dans l'*Hermippus redivivus*, livre de fantaisie sérieuse, où l'ingénieux à-propos des exemples s'unit sans cesse au pittoresque des idées.

« On admet généralement, dit-il, que, dans le cas des
« maladies épidémiques, l'infection est propagée par les
« haleines corrompues. Or, si la respiration humaine est
« si fétide et si puissamment nuisible quand elle émane
« de personnes malsaines, pourquoi ne concevrions-nous
« pas qu'elle pût être de quelque efficacité salutaire de la
« part des personnes qui jouissent d'une santé aussi
« franche que vigoureuse? Il est, je crois, dès longtemps
« convenu de la part des vrais initiés dans les secrets de
« la nature, qu'il est un mouvement aussi preste que vi-
« vace dans le sang des personnes jeunes et auquel,
« conformément aux lois de l'économie animale, sont
« attribuées la santé et la vigueur; d'un autre côté, que
« le déclin de ce même mouvement, et conséquemment
« une circulation plus lente, qui, par degrés, se ralentit
« dans les moindres vaisseaux, est la principale cause
« de ces engourdissements de nerfs, ainsi que de la pé-
« nible lassitude du décroissement de force qui consti-
« tuent les incommodités du vieil âge. Il n'est donc
« point absurde de penser que les chaudes, actives et
« balsamiques particules que poussent dans l'air les pou-
« mons des jeunes gens, étant, pour ainsi dire, pompées
« par un vieillard, puissent communiquer à son sang
« ainsi qu'à sa circulation un degré de jeunesse rétroac-
« tive et qui, par une constante répétition, peut prévenir
« ou écarter ces affligeantes infirmités auxquelles le vieil
« âge n'est que trop généralement exposé. »

« Ainsi s'exprime le docteur Cohausen, et il va sans
dire que, me renfermant dans mon rôle d'historien, je
vous donne sa théorie pour ce qu'elle peut valoir. Toujours est-il qu'après une argumentation assez complexe
dans le même sens, l'auteur passe aux exemples. Il remarque que plusieurs personnages notables, qui se sont
occupés d'enseignement, et qui, par conséquent, ont vécu
dans la compagnie de la jeunesse, ont atteint un âge très
avancé. Il cite chez les anciens ce Gorgias, dont nous

avons déjà parlé, et son disciple Isocrate, qui, à quatre-vingt dix-huit ans, professait encore avec toute la sérénité, toute la lucidité d'esprit d'un jeune homme.

« Je vous fais grâce, Messieurs, de l'appareil à recueillir l'essence de respiration juvénile, élixir vital que l'auteur ne se permet de recommander qu'en s'appuyant sur le témoignage de plusieurs personnalités scientifiques célèbres, et notamment sur celui du grand chimiste Robert Boyle, qui dit avoir obtenu les plus merveilleux résultats d'un *extrait* analogue. Fidèle toutefois à l'une de mes précédentes assertions, je ne saurais passer outre sans vous indiquer ce qui peut ressortir de profitable selon moi d'une théorie en réalité fort hasardeuse. Aussi, je n'hésite pas à déclarer qu'en dédaignant, au point de vue purement physique, les conseils du docteur Cohausen, je serais tout disposé à en attendre les merveilleux effets au point de vue moral ; car il me semble hors de doute qu'en tout état de cause la fréquentation de la vive, de l'heureuse, de l'ardente jeunesse ne peut être que bonne et salutaire aux gens qui ont à combattre les rouilles de l'âme aussi bien que celles du corps. Je me rangerais donc volontiers à l'avis du très célèbre et très âgé maréchal de Schomberg, qui disait que, dans sa jeunesse, il aimait à converser avec les vieillards pour acquérir de l'expérience, et que, dans sa vieillesse, il recherchait la compagnie des jeunes gens pour tenir ses esprits en action.

« Des gens qui crurent à la possibilité

De réparer des ans l'irréparable outrage,

à ceux qui s'avisèrent de penser qu'un moyen était trouvable pour enrayer en quelque sorte l'action du temps, il n'y a qu'un pas, et la transition se fait tout naturellement. Je ne vous citerai qu'un de ceux-là, mais, comme on dit quelquefois, la qualité équivaut à la quantité, et il s'agit d'un véritable esprit d'élite, dont la parole mérite d'autant plus d'attention en ce cas qu'il n'eut guère coutume de s'égarer dans les sphères purement spéculatives.

« Interrogé sur la question de la longévité humaine, Maupertuis répond ceci :

« Sans remonter à ces temps où la vie de nos pères
« était de huit à neuf siècles, nous trouvons des exemples
« récents, qui peuvent faire penser qu'il y a dans
« l'homme quelque source de vie plus longue que la vie
« ordinaire.

« Une idée se présente à nous, c'est que le corps hu-
« main est une sorte de machine végétante, c'est-à-dire
« dont les parties sont susceptibles de développement et
« d'augmentation, et qui, dès qu'elle a été une fois mise
« en mouvement, tend continuellement à un certain
« point de maturité, qui est la mort... Le seul moyen
« par lequel on pourrait peut-être prolonger nos jours
« serait donc de suspendre ou de ralentir cette végétation.
« Et ce qui se passe dans les plantes et dans quelques
« animaux paraît confirmer cette idée. Le ralentissement
« ou l'accélération du mouvement de la sève prolonge ou
« abrège sensiblement la durée des plantes... Les œufs
« des oiseaux et de différentes sortes d'insectes sont ces
« animaux eux-mêmes renfermés dans la coquille. Ils y
« ont déjà une espèce de vie, et l'on peut la prolonger
« longtemps en leur faisant éviter la chaleur... Cette
« prolongation peut aller jusqu'à des années, et sur une
« vie dont la durée n'est parfois que de quelques jours
« des années sont plus que ne seraient pour nous plu-
« sieurs siècles.

« Si donc on trouvait l'art de ralentir la végétation de
« nos corps, peut-être parviendrait-on à augmenter
« de beaucoup la durée de notre vie. Ou si l'on pouvait
« les tenir dans une suspension plus parfaite de leurs
« fonctions, peut-être parviendrait-on à remettre diverses

« périodes de notre vie à des temps fort éloignés[1]. »

« Pure extravagance, penserez-vous peut-être, dût en souffrir l'autorité morale du philosophe qui s'exprime ainsi. Mais à ce propos laissez-moi vous rappeler que Descartes, le grand Descartes lui-même, était convaincu qu'une sorte d'immortalité humaine était possible, et qu'il affirmait avoir trouvé le secret de pousser la vie bien au delà des limites ordinaires. J'ajoute que Condorcet dit très sérieusement qu'un temps viendra sans doute où la mort ne sera plus qu'un rare accident de nature, auquel la généralité des hommes pourra se soustraire. Voilà, je pense, que l'extravagant Maupertuis a trouvé bonne compagnie. Quoi qu'il en soit, et quoique cent et quelque trente ans soient écoulés depuis que Maupertuis écrivait, nul n'a encore imaginé le procédé de suspension d'existence. Mais s'ensuit-il que cette idée, aussi bizarre qu'elle puisse paraître, ait été émise en pure perte? Non, sans doute, et nous le verrons bien plus tard.

« Deux siècles avant Maupertuis, l'hermétiste Cardan semblait déjà ouvrir un avis analogue quand il affirmait que si les arbres vivent plus longtemps que les animaux, c'est « qu'ils ne font pas d'exercice », car l'exercice accroît la transpiration, et la transpiration constituant une déperdition du fluide vital doit nécessairement abréger la vie[2]. L'illustre chancelier Bacon vint ensuite, qui, adoptant sans doute cette singulière opinion, engage les gens à s'huiler le corps pour empêcher la transpiration. Maupertuis lui-même avance quelque part qu'il pourrait être bon de se couvrir le corps de poix; mais ces conseils n'ont pas fait fortune.

« D'ailleurs le système qui consiste à préserver

[1] Voir *la Vie intermittente*, par Arthur Mangin, *Musée des Familles*, t. XXXII, p. 99.

[2] Notons qu'à l'époque où vivait Cardan les naturalistes n'avaient pas encore constaté dans les végétaux les phénomènes de respiration et de transpiration.

l'homme des pertes dues à la transpiration est une grosse hérésie en opposition avec les idées des physiologistes les plus fameux des divers âges. Demandons plutôt à notre contemporain le docteur Turc, qui prend au contraire pour thèse que la santé est le résultat du libre et régulier « fonctionnement de la peau ». Selon lui, c'est par la peau que nous commençons à vieillir. La peau, premier créé de nos organes, est aussi le plus important de tous. La transpiration *sensible* et *insensible* qui s'opère par la peau [1] est chez nous le phénomène fondamental de l'existence, et quand la paresse ou l'atonie du tissu cutané en retarde ou en interrompt les fonctions, l'équilibre organique est compromis et la vieillesse, qui n'est à proprement parler qu'une affection de la peau, s'empare de nous. C'est donc surtout à entretenir la vitalité de la peau que nous devons tendre, si nous désirons acquérir de longs jours.

« A cet effet, le docte auteur de la *Vieillesse considérée comme maladie* (de la peau) nous indique un ensemble de pratiques salutaires, comme l'exercice, le bain d'eau, de soleil ou de grand air, le massage, les frictions, les lotions, pratiques d'ailleurs excellentes en elles-mêmes, à la condition toutefois que, par un esprit trop systématique, on n'arrive pas à en faire excès, et je dois dire qu'on risquerait fort de tomber dans cet excès si l'on prenait trop à la lettre les prescriptions de notre auteur, et que...

— Çà mais, docteur, interrompit l'hôtelier, sais-tu bien que, si tu continues sur ce ton-là, nous risquons, nous, d'aller loin sans savoir à quoi nous en tenir sur les conseils que tu prétends nous donner? Il n'est, en effet, aucun système dont tu parles, qu'aussitôt tu n'aies à le

---

[1] Il est, en effet, demontré, par des expériences exactes, que la transpiration *insensible* peut enlever jusqu'aux cinq huitièmes en poids de nos aliments et de nos boissons.

battre en brèche par l'ironie ou la réticence. Tu me
parais être sceptique en diable. Les médecins le sont
tous, dit-on, mais pour un homme qui devait nous per-
suader de la possibilité...

— Patience donc, monsieur Courtinat, interrompit à
son tour le docteur; n'est-il pas évident pour vous que la
ligne que je me suis tracée va de l'absurde au raison-
nable? et convient-il que vous m'arrêtiez alors que je
mets justement le pied sur le terrain des idées saines et
praticables? Que je fasse des réserves, c'est doublement
dans mon rôle, d'abord parce qu'en tant qu'historien
j'ai le droit et même le devoir d'exercer une critique im-
partiale, ensuite parce que je ne suis rien moins qu'homme
à système, et que, par conséquent, je ne saurais être
entièrement approbatif pour les esprits systématiques. Au
surplus, j'ai à vous présenter maintenant une école, que
je qualifierai d'imposante, avec laquelle nous aurons
d'autant moins à contredire que ses doctrines sont ap-
puyées par de nombreux exemples... Car, ne vous l'ai-je
pas déjà laissé entendre? dans des questions de l'ordre de
celle qui nous occupe, tout en professant le plus grand
respect pour l'autorité de la science pure, je penche fort
vers l'empirisme, et les données spéculatives me semblent
singulièrement distancées par l'expérience. »

V

L'ÉCOLE DE LA SOBRIÉTÉ

« Louis Cornaro, noble Vénitien, qui fut citoyen du monde pendant un siècle bien révolu (1466-1566) peut passer pour le principal apôtre ou pour l'oracle de cette école. Il fit lui-même l'historique de sa longévité en quatre discours qu'il publia le premier à quatre-vingt-trois ans, le second à quatre-vingt-six, le troisième à quatre-vingt-onze et le quatrième à quatre-vingt-quinze.

« A la bonne heure, n'est-ce pas? Voilà des chiffres qui argumentent respectablement en faveur des théories émises par l'auteur. C'est pourquoi interrogeons, ou plutôt laissons parler cet heureux expérimentateur.

« L'abondance et la diversité des mets, sans plus de
« préambule, est un abus pernicieux qu'il faut détruire
« en vivant sobrement, comme faisaient par goût ou par
« force les premiers hommes. Quelques jeunes gens qui
« ont perdu leurs pères plus tôt qu'ils ne devaient s'y
« attendre m'ont témoigné le désir de savoir de quelle
« manière j'ai vécu pour s'y conformer... Je veux les sa-
« tisfaire et rendre en même temps un bon office au pu-
« blic en déclarant quels ont été les motifs qui m'ont
« fait renoncer à l'intempérance pour suivre la vie
« sobre.

« La faiblesse naturelle de ma constitution, qui s'était

« considérablement augmentée par la manière dont je
« vivais, me mit en un si pitoyable état, que je fus obligé
« de quitter tout à fait la bonne chère, pour laquelle
« j'avais eu toute ma vie beaucoup d'inclination. Je m'y
« étais même livré si fréquemment, que j'éprouvais
« toutes sortes de maux : douleurs d'estomac, gouttes,
« coliques, etc...

« J'étais presque continuellement dans un état de
« fièvre et d'angoisse insupportable, et en vérité, quoique
« je ne fusse encore âgé que de trente-cinq ans environ,
« je croyais la fin de ma vie très prochaine.

« Les meilleurs médecins d'Italie essayèrent vaine-
« ment ce que l'art pouvait indiquer pour me tirer d'af-
« faire, et ils finirent par me déclarer qu'ils ne savaient
« qu'un remède pour sauver mes jours, si j'avais le cou-
« rage de l'entreprendre et d'y persévérer. Ils m'assu-
« rèrent que, si les excès m'avaient attiré tant d'infir-
« mités, une tempérance soutenue ne manquerait pas
« de m'en délivrer.

« D'abord, je ne fus guère docile à leurs conseils;
« mais, sentant mes maux s'augmenter encore, je pris
« mon parti, et commençai à pratiquer le régime qui
« m'était indiqué... Bien m'en advint, car à peine l'eus-je
« observé pendant quelque temps, que j'en ressentis les
« effets, et je ne fus pas au bout de l'année que je me
« trouvai non seulement soulagé, mais entièrement dé-
« barrassé de tous mes maux. »

« Ainsi se trouve posée en principe l'heureuse influence
de la sobriété; mais voyons de quelle façon notre Italien
en entend la pratique.

« Lorsque je me vis rétabli et que je commençai à
« goûter les douceurs de cette espèce de résurrection [1],

---

1 Évidemment Cornaro eut des violences à se faire pour
passer de ses habitudes d'alimentation copieuse et recherchée
au régime excessivement frugal qui devait le guérir, mais il ne

« je compris que si ma nouvelle façon de vivre avait eu
« assez de pouvoir pour me guérir, elle en aurait suffi-
« samment aussi pour me préserver des maladies aux-
« quelles j'avais toujours été sujet... Je m'appliquai donc
« à la connaissance des aliments qui m'étaient propres.
« Je voulus éprouver si le proverbe ne ment point, qui
« dit que tout ce qui est agréable à la bouche est bon au
« corps, et je connus qu'on a tort d'y ajouter foi. Je ne
« pouvais autrefois me passer de boire à la glace, j'ai-
« mais les vins fumeux, les melons, les fruits crus de
« toutes sortes, les salades, les viandes venaisées, les
« ragoûts, les pâtisseries, et cependant tout cela m'in-
« commodait. En conséquence, je fis choix des viandes
« et des vins dont l'usage convenait à mon tempérament.
« J'en proportionnai la quantité à la force de mon esto-
« mac, et me fis une loi de demeurer à la fin du repas
« assez sur mon appétit pour qu'il me fût possible de
« manger encore avec plaisir. »

« Cornaro avait adopté ce vieil adage : *Qui mange peu
mange beaucoup,* à savoir que, pour être à même d'avoir
longtemps besoin de nourriture, il faut en user fruga-
lement. Il affirme aussi que ce que nous laissons d'un
repas où nous mangerions encore, nous fait plus de bien
que ce que nous avons mangé [1]. Il ajoute que si tout le

nous en dit rien. Peut-être connut-il et employa-t-il un procédé
analogue à celui qu'imagina son contemporain François de
Borgia, qui, devenu général des jésuites (et qui fut plus tard
même canonisé), voulait se corriger de l'habitude de boire très
copieusement qu'il avait prise étant homme du grand monde.
On dit qu'il se réduisit peu à peu et insensiblement à la plus
petite mesure de vin, en laissant chaque jour tomber dans la
vaste coupe qu'il avait coutume de vider à son repas, une ou
deux gouttes de cire, qui diminuait d'autant la capacité du
vase.

[1] Salomon avait dit avant Cornaro : « La bouche en tue plus
que le glaive. » Platon appelait l'intempérance du boire et du
manger « l'amorce de tous les maux, le tombeau de la santé ».

monde vivait d'une vie régulière et sobre, il y aurait si peu de malades, qu'on pourrait presque se passer de médecin et de remède. Il dit enfin, et avec beaucoup de raison, selon moi, que chacun devrait tenir à être son propre médecin, car chacun connaîtra toujours mieux son tempérament que celui d'un autre, les tempéraments des hommes étant d'ailleurs aussi différents que leurs visages.

« Au résumé, d'expériences en observations, notre Vénitien en était arrivé à faire un choix rigoureux parmi les aliments et à n'en consommer chaque jour qu'une quantité strictement égale, qu'il dosait, la balance à la main, aussi bien que sa boisson, et il nous assure qu'une fois ses proches, ses amis, croyant voir qu'il se restreignait trop, et l'ayant tourmenté afin qu'il augmentât la ration quotidienne, il tomba sérieusement malade pour deux onces ajoutées à ses aliments solides et deux onces aux liquides.

« Ne croyez pas cependant qu'il prétende imposer à tous ses disciples un régime aussi rigoureux : « Si je « mange très peu, observe-t-il, c'est parce que mon es- « tomac est délicat; si je m'abstiens de certains mets, « c'est qu'ils me sont contraires; mais ceux à qui ils ne « sont point nuisibles, ne sont pas obligés de s'en pri- ver; ils doivent seulement s'abstenir de manger trop « de ce qui leur est bon, et qui par cela même qu'ils en « prendraient en excès leur deviendrait mauvais... Tout « est là. »

« Et maintenant, si nous voulons savoir ce qu'il en était advenu de cet homme sobre par excellence, écou- tons-le nous déclarer, à quatre-vingt-dix ans, qu'il trouve l'âge où il est le plus beau, le plus agréable de sa vie. Au reste, il va encore à cheval, il descend et monte en-

---

Enfin les Anglais disent : « Dieu nous donna la viande, et le diable les cuisiniers. »

core hardiment de son pied escaliers et montagnes. Il est
toujours content, toujours de belle humeur. Il va visiter
ses amis et cause avec eux de toutes choses. Il fait faire
autour de sa maison de campagne des travaux d'assainis-
sement : il écrit jusqu'à six heures par jour ; il ne laisse
jamais échapper l'occasion d'acquérir quelque nouvelle
connaissance. Une belle vue, un site pittoresque, une
mélodie l'enchantent, et les plaisirs qu'il en éprouve sont
d'autant plus parfaits que tous ses sens sont encore aussi
subtils que pendant sa jeunesse, sinon davantage. Le
changement de lit ne l'empêche nullement de dormir ; il
a partout un sommeil tranquille peuplé de rêves agréa-
bles, etc.

« Il nous apprend aussi qu'à quatre-vingt-trois ans, il
avait conservé encore assez de liberté et de vivacité d'esprit pour composer une comédie fort divertissante ; et,
en raison de cet exploit littéraire, il ne s'estime pas
moins digne d'admiration que Sophocle, à qui l'on a
décerné tant d'éloges pour un ouvrage sérieux écrit à
soixante-dix ans.

« Enfin — et cela vient confirmer la théorie de l'Hermippus, dont nous nous entretenions tantôt — Cornaro,
pour comble de bonheur, se voit en quelque sorte re-
naître dans ses nombreux descendants. Quand il rentre
chez lui, il trouve jusqu'à onze petits-fils, âgés de deux
à dix-huit ans, tous sains, tous bien faits et d'un bel
avenir. Il badine avec les cadets, les plus grands lui
tiennent meilleure compagnie ; il les fait souvent chanter
ou jouer des instruments ; il se mêle quelquefois à leurs
concerts, et il faut l'entendre « célébrer les louanges de
« Dieu, au son de sa lyre, comme un autre David ».

« Cornaro, je l'ai déjà dit, vécut un peu plus de cent
ans, et, selon le témoignage d'une de ses nièces, lorsqu'il sentit que sa dernière heure approchait, il mit ordre
à ses affaires, reçut les sacrements, puis attendit tranquillement la mort dans un fauteuil. Enfin, sans souffrir

aucune douleur, ayant même encore l'esprit et l'œil fort gais, il lui survint un petit évanouissement, qui lui tint lieu d'agonie et lui fit rendre le dernier soupir.

« A présent qu'en fait de sobriété nous connaissons, si je puis parler ainsi, « la loi et les prophètes, » il convient, je crois, que nous passions sommairement en revue les adeptes conscients et inconscients de cette doctrine.

« Notons, au préalable, sans vouloir amoindrir Cornaro (qui, d'ailleurs, nous l'avons vu, n'avait adopté ce régime que par les conseils des médecins), notons que les prescriptions de sobriété, ou tout au moins de tempérance, se trouvent chez les plus anciens auteurs qui ont traité de la conservation de la vie : chez Hippocrate, qui, rappelons-le, vécut jusqu'à cent quatre ans; chez Galien, qui atteignit le même âge; chez Cicéron, chez Plutarque, qui devint très vieux et comptait des centenaires dans sa famille. Cornaro cite, comme lui ayant montré l'exemple, le pape Paul III, le cardinal Bembo, les doges de Venise Londi et Donato, etc.

« Après Cornaro, se place en première ligne le moine hollandais Lessius. Ce moine était, comme le vieillard vénitien, d'une constitution chétive, d'un tempérament maladif.

« De savants médecins, nous dit-il, ne jugeaient pas « qu'il pût vivre deux ans. Il se prescrivit de lui-même « la sobriété, et il en retirait déjà les meilleurs résultats, « lorsque lui tombèrent entre les mains les ouvrages de « Cornaro. Il les lut, les traduisit d'italien en latin, et, « sous forme de préface, les augmenta d'un traité fort « judicieux, intitulé les *Avantages de la vie sobre.* » Avantages qu'il recueillit, en effet, car sa vie fut presque aussi longue que celle de son prédécesseur en sobriété.

« Il faut d'ailleurs le reconnaître, c'est sous la bannière de la tempérance que paraissent s'être rangés, d'instinct ou de propos délibéré, le plus grand nombre

des individus pour qui les bornes de l'existence furent
reculées au delà du terme habituel.

« Et comme je ne connais pas de meilleurs documents
que les faits, nous allons butiner au hasard dans la multitude des exemples que l'histoire a dû porter au compte
d'une école dont Cornaro peut être considéré, sinon comme
le chef, au moins comme un des plus notables représen-
tants.

« Je relève tout d'abord le témoignage de Galien, qui
dit avoir connu personnellement un laboureur âgé de
cent ans, qui ne se nourrissait que de lait de chèvre, où
il mettait tantôt de la mie de pain, tantôt un peu de miel,
et qu'il aromatisait en y faisant bouillir quelques branches
de thym.

« Platon cite Hérodique de Sicile, médecin et philosophe, qui, bien que d'une santé fort délicate, poussa sa
carrière jusqu'à la centième année, par le secours de la
diète et de la tempérance.

« Et puisque j'ai prononcé le mot de diète, — ou jeûne,
— il est bon que nous sachions jusqu'à quel point ce
régime de privation, ordinairement observé par les com-
munautés religieuses, influe sur la durée de l'existence.
J'interroge donc les annales d'un des ordres où l'abstinence est la plus rigoureuse (j'entends l'ordre des chartreux
et chartreuses), et je trouve qu'en 1524, dom Jean Bri-
selance, profès du Valdieu au Perche, après soixante-
dix-huit ans de profession, y mourut à cent un ans;

« Qu'en 1559, dom Jean-Edmond Clavel, profès de
Bonnefoi en Vivarais, ne cessa de vivre qu'à cent onze
ans;

« Qu'en 1593, dom Corneille, profès de Sainte-Sophie,
proche Bois-le-Duc, atteignit cent dix-huit ans;

« Que vers 1610, dom Percheron, profès du mont
Dieu, près Sedan, parvint à cent cinq ans;

« Qu'en 1516, domne Michelle de Montorzier, professe
de Gannay, près Béthune, mourut à cent dix-huit ans;

« Qu'en 1574, domne de Marsonnas, professe de Salette, mourut à cent trois ans, après quatre-vingt-cinq ans de religion ;

« Et enfin qu'en 1625, domne Isabelle de Bergues, professe de la même chartreuse de Gannay, mourut à cent un ans, dont elle avait passé quatre-vingt-trois dans les saintes austérités de la règle.

« Donc, en thèse générale, l'abstinence, toute mesure gardée cependant, semblerait n'être pas aussi meurtrière qu'on s'accorde à le dire.

« J'arrive au fameux empereur mogol Aureng-Zeb, celui-là qui, s'il faut en croire le voyageur historien Gemelli, lorsqu'il eut fait périr tous ceux de sa famille qui pouvaient lui disputer le trône, fut pris de certains remords (remords de crocodile, sans doute) et se condamna, en expiation, à ne goûter désormais ni chair, ni liqueur fermentée jusqu'à la fin de sa vie. Or, savez-vous ce qui arriva ? Eh bien, il arriva que cette espèce de pénitence eut pour effet de prolonger indéfiniment une existence que ce cruel ambitieux prétendait lui être à charge. Aureng-Zeb ne quitta la vie qu'à plus de quatre-vingt-dix-neuf ans. Que les coupables repentants se le disent !

« Voici maintenant la grande et austère figure de Michel-Ange, ce prodige d'activité et de génie, qui, en dépit de l'énorme dépense d'énergie nécessitée par ses immenses et merveilleux travaux, ne laissa jamais d'observer la plus excessive sobriété :

« Quelque riche que j'aie été, disait-il au Condivi, son « disciple, j'ai toujours vécu pauvrement. »

« On sait, en effet, qu'il ne mangea jamais par plaisir, et tout au plus par besoin, se contentant le plus souvent d'un morceau de pain avec un peu de vin, afin d'être, selon son propre aveu, plus dispos, plus dégagé. Ajoutons qu'il dormait peu, le sommeil lui rendant d'ordinaire la tête lourde et l'estomac douloureux.

« Il ne se relâcha guère de ce régime qu'à l'époque où il peignit son *Jugement dernier*. A vrai dire, c'était l'époque où il lui arrivait presque chaque nuit de se lever pour travailler chez lui. Il s'était fait, nous dit un de ses biographes, un petit atelier de carton, dans lequel il s'enfermait, pour peindre à la lueur de deux ou trois chandelles plantées sur son chapeau. Par ce moyen, il

Michel-Ange peignant *le Jugement dernier.*

voyait clair partout, en gardant ses mains parfaitement libres.

« Dieu sait si une pareille suite d'efforts intellectuels et physiques doit nous sembler épuisante, et pourtant le grand homme ne s'éteignit qu'à plus de quatre-vingt-douze ans.

« De nos jours ne voyons-nous pas encore doué de la plus vive, de la plus nette vigueur intellectuelle, M. Chevreul, qui naquit en 1786, qui depuis n'a cessé de se livrer aux travaux les plus appliquants, qui, approchant du siècle, laisse rarement passer une des séances de l'Académie des sciences, sans y apporter quelque intéressante communication; et qui, enfin, a coutume de prendre, quand il signe une de ses publications, le titre bien justifié de *doyen des étudiants de France*.

« D'ailleurs, il est reconnu que l'excès de travail n'est pas à redouter, quand il n'y a pas en même temps excès de plaisir ou d'ennui.

« Il le comprenait bien, cet artiste hollandais, qui tomba malade à quarante-six ans, et à qui les médecins disaient qu'à son âge on pouvait espérer beaucoup.

« Non, répliqua-t-il, n'ayez aucun égard à l'âge que « je parais avoir. J'ai vécu jour et nuit. Il faut compter « double. »

« Mais allons un peu dans les diverses conditions.

« Voici Jeanne Brocand, pauvre veuve, qui, en 1761, vivait à Boulogne-sur-Mer, âgée de cent quatre ans. Mère de quatorze enfants, cette femme n'avait toute sa vie vécu que de pain, de petits poissons et de coquillages, avec de l'eau pour boisson.

L'Irlandais Patrice O'Neil, né en 1647, possédait encore, à cent quatorze ans, l'usage de tous ses sens. Il n'avait jamais bu que de la bière, s'était toujours nourri de végétaux, et, signe particulier, n'avait jamais manqué de se lever et de se coucher en même temps que le soleil.

« Élisabeth Delon, née à Villevieille, en Languedoc, en 1655, atteignit cent sept ans. D'un caractère fort enjoué jusqu'à sa dernière heure, elle n'avait jamais fait usage de vin et jamais goûté de liqueurs.

« Jean Essingham, paysan de Cornouailles, avait, en 1657, cent quarante-quatre ans. Bien qu'ayant été soldat, il s'était, lui aussi, abstenu des boissons spiritueuses, et il n'avait même que rarement mangé de la viande.

« Écoutons maintenant messire Pierre la Barrière de Fournier, curé de Nastrongue en Agenois, nous dire comment l'on peut arriver à voir cent cinq fois reverdir les prés et mûrir la vendange.

« Mon régime, depuis l'âge de quarante-cinq ans, a
« toujours été de vivre de légumes, d'oignons, d'ails
« et d'autres choses aussi grossières. J'ai sans cesse tra-
« vaillé durement, soit à la terre, soit à mon ministère.
« Fort peu sensible aux injures du temps, je n'eus jamais
« de couche molle. Je ne fus jamais ni saigné ni purgé,
« et ne ressentis jamais la moindre douleur. J'ai cent

Le curé de Nastrongue et son paroissien.

« quatre ans, et me sens encore assez de force pour faire
« deux lieues de mon pied, ce qui m'arrive quelquefois. »

« On conte de ce curé que, déjà fort avancé en âge, et
étant un jour occupé à battre son blé, il fut abordé par
un bon bourgeois qui le pria de venir recevoir sa con-
fession :

— « Volontiers, lui dit-il, mais commencez par faire
« votre pénitence. »

« Puis il lui met un fléau dans les mains, le fait battre
avec lui autant que ses forces peuvent le lui permettre;
si bien que l'autre n'eut plus cœur à rapporter ses péchés, ce qui ne l'empêcha pas de s'en aller absous.

« En 1767, meurt à Grechter (Autriche) Justine Weigantin, âgée de cent dix ans, qui, ayant eu toute sa vie un dégoût invincible pour la viande, ne connaissait pas de plus grand régal que du pain trempé dans du petit lait, dont elle faisait sa nourriture ordinaire.

« J'ai déjà nommé François Seccardi Hongo, consul de Venise à Smyrne, qui était encore très solide à cent quatorze ans. Ce respectable Italien ne vivait que de légers potages, d'un peu de viande rôtie et de fruits bien mûrs et n'acceptait jamais de dîner hors de chez lui, pour n'être pas exposé à se départir de son régime.

« Nous devons ici une nouvelle mention à la vénérable Génevoise, objet du quatrain de Voltaire. Cette dame n'avait jamais bu que de l'eau. En revanche, — et cela devait lui mériter un redoublement de sympathie de la part du philosophe de Ferney, — elle prenait deux fois du café chaque jour.

Un des rédacteurs de la *Chronique de Saint-James* (Angleterre) écrit ceci en 1763 : « Il y a environ deux mois « que j'ai eu occasion de causer avec Robert Eglebie, « vieillard de cent neuf ans. Il a toutes les apparences « d'un homme sain et vigoureux. Il porte sur son dos la « hotte du raccommodeur de chaudrons. On ne lui don- « nerait pas plus de quatre-vingts ans. Il dit n'avoir « goûté ni vin ni viande depuis bien longtemps. Il a « pour nourriture ordinaire du pain, du lait, du fro- « mage, et parfois, bien rarement, un peu de pudding. « Deux fois par an, il va à pied de Rippon à York, « d'York à Leeds, et de Leeds il revient chez lui (voyage « de trente lieues environ). »

« Vers la même époque vivait au diocèse de Sarlat, dans la paroisse de Sainte-Innocence, Jean Maulmy, âgé de cent vingt ans. « Ce vieillard, dit une sorte de rapport « officiel dressé par un commandeur de province, ce « vieillard, n'ayant jamais été que très pauvre, s'est tou- « jours vu obligé de vivre à la sueur de son front. Il n'a

« jamais mangé que du pain, de la soupe, des fèves;
« n'ayant eu pour boisson que de la piquette, et le plus
« souvent de l'eau; ce qui n'empêche pas qu'à l'âge de
« six vingts ans, il fasse encore fréquemment des courses
« de deux à trois lieues. »

« Voulez-vous d'autres faits du même genre? j'en suis
riche. Mais il me semble que c'en est assez. Deux notes

Villars débitant son élixir.

encore cependant, l'une statistique, l'autre anecdotique,
qui me semblent également concluantes.

« Les quakers, vous le savez, sont gens essentiellement austères et tempérants. Or les registres de cette
caste, compulsés à Londres vers 1826, attestaient que
chez eux la moitié des enfants qui naissent atteignent
quarante ans, tandis que sur le même nombre pris dans
les autres classes anglaises la moitié était morte au
bout d'un an. D'autre part, les quakers avaient, toute
proportion gardée, autant de nonagénaires que le reste
des habitants de Londres comptaient d'hommes de quarante ans.

« Rétrogradons un peu pour l'anecdote : En 1728, à Paris, un nommé Villars confia à quelques amis que son oncle, qui avait vécu plus de cent ans, et qui même n'était mort que par accident, lui avait laissé le secret d'une eau qui pouvait aisément prolonger la vie jusqu'à cent cinquante ans, pourvu qu'on fût sobre. Lorsqu'il voyait passer l'enterrement de quelque personne morte avant l'extrême vieillesse : « Encore un, disait-il en hochant « dédaigneusement la tête, qui ne serait pas où il est, « s'il avait bu de mon eau. » Ses amis à qui il communiqua ce merveilleux breuvage et qui observèrent le régime prescrit, s'en trouvèrent bien et le prônèrent. Le débit en devint bientôt prodigieux, quoique Villars en fît payer la bouteille six francs. Ceux qui, en buvant de son eau, s'astreignirent à la vie sobre qu'il recommandait comme accompagnement obligatoire, recouvrèrent en peu de temps, dit-on, une santé parfaite. Il disait aux autres : « C'est votre faute si vous n'êtes pas entièrement guéris. « Vous avez été intempérants; corrigez-vous de ce vice, « et vous vivrez cent cinquante ans pour le moins. » Quelques-uns se corrigèrent.

« La fortune de cet homme fut bientôt très considérable. Des enthousiastes le mettaient, et avec raison, selon moi, fort au-dessus de son homonyme, le maréchal de Villars, qui, disaient-ils, « ne savait que faire « tuer des hommes, tandis que lui les faisait vivre. »

« Enfin l'on apprit que les flacons de Villars ne contenaient autre chose que de l'eau de Seine aiguisée d'un peu de salpêtre. »

VI

L'ÉCOLE DE LA QUIÉTUDE

« Revenons pour un instant à Cornaro. Après avoir constaté que la nourriture choisie et scrupuleusement dosée qu'il prend n'engendre point les mauvaises humeurs qui altèrent les meilleurs tempéraments, il fait cette remarque : « Outre cette précaution je n'en ai pas négligé « un certain nombre d'autres... Je me suis surtout fort « bien trouvé de ne me point livrer au chagrin, en « chassant de mon esprit tout ce qui m'en pouvait causer. « J'ai employé toutes les forces de ma raison à modérer « celle des passions, dont l'impétuosité déconcerte sou-« vent l'harmonie des corps les mieux composés... »

« Ainsi, selon Cornaro, le calme d'esprit peut marcher de pair avec la sobriété pour la conservation de la vie. Devons-nous l'en croire sur parole ?

« Les débats sont ouverts ; appelons les témoins.

« Voici d'abord comparaître dom Félibien, qui nous raconte que dans le couvent du Crogland, dont fut abbé Turquetule, cousin d'Édouard Ier d'Angleterre, les moines étaient divisés en trois classes. Les jeunes, jusqu'à la vingt-quatrième année de profession, portaient tout le poids des offices du chœur et du souci d'entretien de la maison ; la seconde classe, jusqu'à la quarantième année, avait beaucoup moins d'obligations à remplir ; mais la

troisième classe, dite *des anciens*, avait la liberté de vivre
tranquille sans qu'on lui parlât de la moindre affaire
inquiétante. Aussi n'était-il pas rare que des moines de
cette abbaye vécussent plus d'un siècle. L'un deux,
nommé Turget, parvint à cent quinze ans; un autre,
appelé Swarlinge, arriva jusqu'à cent quarante-deux; et
un troisième, du nom de Clérambaut, ne mourut qu'à
cent quarante-huit ans.

« Qui vient là?

« — Moi, Jean Maulmy, dont vous faisiez mention
« tout à l'heure. D'ailleurs, je n'ai qu'un mot à dire.

« — Dites-le donc, brave homme.

« — Eh bien! à l'âge de cent vingt ans, où je suis
« arrivé, je n'ai pas souvenir de m'être jamais mis en
« colère. »

« Remarquons à propos de cette déposition un mot de
Leibnitz, qui assure que « la bonté est un élément de lon-
« gévité ».

« Autre témoin : Antoine de Ranchin, d'une des meilleures familles de Montpellier, né le 29 août 1625.

« J'ai cent ans, je n'ai aucune infirmité, je suis gai,
« gaillard et dispos.

« — Et c'est sans doute à l'extrême sobriété que vous
« devez cette heureuse vieillesse?

« — Euh! pas précisément, j'imagine; car si, à vrai
« dire, il ne me souvient d'avoir fait aucun excès, je n'ai
« pas non plus mémoire de m'être jamais assujetti à
« aucun régime austère...

« — En ce cas, par quel moyen?

« — Vous voulez connaître mon secret? Eh bien, je
« crois, ou plutôt j'ai l'assurance que je dois mes longs
« jours à l'égalité d'humeur, à la placidité d'âme où j'ai
« toujours su me conserver. Lisez plutôt ce qu'on a écrit
« sur moi dans les *Mémoires de la Société royale de Mont-
« pellier*, en 1755. »

« M. de Ranchin a de bonne heure banni toutes les

idées qui tourmentent la plupart des hommes, et avec un petit revenu honnête pour la province et un fonds de philosophie inépuisable, il s'est fait un système de jouir du plus rare présent dont le Ciel nous ait gratifiés. Il a coutume de dire en italien (langue qu'il parle à merveille) : « *Io voglio provare per quanto tempo può campar un poltrone.* « Je veux savoir par expérience combien de temps un « poltron peut rester ici-bas. » M. de Ranchin est homme d'esprit; les belles-lettres l'occupent et l'amusent. Il ne va guère sans Virgile ou Horace avec lui. Il visite souvent ses amis, s'assied parfois à leur table, et porte la plus franche gaieté dans les repas auxquels il assiste.

« La parole est maintenant à Isaac Newton, un personnage au nom duquel il n'est besoin, je pense, d'ajouter aucun titre. S'il ne devint pas centenaire, peu s'en fallut. Écoutons-le : « Né faible, délicat, je ménageai mes « forces autant que je pus. Ma vie fut toujours simple et « mon régime frugal. Pendant mes travaux les plus appli- « quants, je ne vécus que de pain trempé dans du vin. « Mon habit était toujours du même tissu, quelle que fût « la saison. Mais ce qui influa, je crois, le plus sur mon « bien-être, c'est que je ne me suis jamais connu de pas- « sions : celle même de la gloire fut toujours en moi très « modérée. Plus d'une fois j'ai sincèrement regretté d'a- « voir songé à me faire connaître, au prix de mon repos. « Nommé membre du parlement, et mis par là sur la « route de toutes les grandeurs, l'ambition ne me gagna « pas pour cela. Je ne pris la parole que deux fois dans « cette assemblée : la première sur une affaire de peu « d'importance; la seconde pour demander qu'on fît re- « mettre à l'une des fenêtres un carreau qui était cassé, « et par l'absence duquel la température de la salle se « trouvait singulièrement refroidie. Malgré l'importance « de mes recherches, et le désir que j'avais de les mener « à bonne fin, je sus toujours suspendre mon travail « quand je me sentis trop fatigué, et d'ailleurs, dans les

« dix dernières années de ma vie, je renonçai complète-
« ment à m'occuper de mathématiques... » (Réveillé-
Parise.)

« Voici venir ou plutôt revenir Fontenelle. « Moi,
« dit-il, j'ai toujours considéré la santé comme l'unité
« qui fait valoir tous les zéros de la vie : je fis en consé-
« quence le possible pour la conserver et j'y parvins. Me
« réfugiant dans la sobriété, je sus la porter jusque dans
« la sagesse. Chacune de mes journées était réglée d'a-
« vance, et je ne m'écartais que bien rarement du plan
« tracé. Mes heures de repos, de travail, de récréation,
« de lecture étaient arrêtées avec soin et précision. Tour
« à tour mondain et solitaire, toujours tranquille dans le
« tourbillon du monde, j'avais imprimé aux phénomènes
« de mon organisation un mouvement tellement égal,
« uniforme, régulier, que ce mouvement me faisait passer
« sans la moindre secousse de jour en jour, d'année en
« année... Je jetais sans les lire au fond d'un bahut les
« libelles dirigés contre moi; je tâchais d'être secourable
« à mes ennemis, j'évitais de donner le plus petit ridicule
« à la plus petite vertu. Voilà pour le moral. Au phy-
« sique, j'avais pour maxime de ne manger que modé-
« rément et de m'en abstenir quand la nature y répu-
« gnait; de ne passer aucun jour sans travailler, afin de
« n'être obligé en aucun jour de travailler avec excès...
« Par-dessus tout, j'observai d'être toujours gai. Sans
« cela, à quoi m'eût servi la philosophie? La surdité
« même ne me rendit pas triste. Quand on causait au-
« tour de moi, je demandais le sujet de la conversation,
« et quand j'avais ce *titre de chapitre*, je pouvais mentale-
« ment prendre part, si bon me semblait, à l'entretien...; »
Enfin la mort lui vint sans douleur, sans effort... le pen-
dule avait cessé d'osciller. » (*Id.*)

« Quel est cet autre vieillard qui passe méditatif? —
C'est le grand philosophe Emmanuel Kant, qui vécut, lui
aussi, près d'un siècle, et de qui un de ses biographes a

dit que l'horloge de la cathédrale n'accomplissait pas sa
tâche avec plus de méthode que lui. Toujours levé à cinq
heures et couché à dix, il prenait un exercice régulier
chaque jour, faisant en sorte de ne respirer que par le nez,
afin d'échauffer l'air qui pénétrait dans ses poumons. Le
boire, le manger, le travail, la promenade étaient réglés
avec la même ponctualité. Mais il avait essentiellement
soin de chasser de son esprit toute idée qui aurait pu en
troubler la tranquillité. C'est lui qui, chaque soir en se
couchant, s'enveloppait méthodiquement dans sa couver-
ture et se demandait, le cœur épanoui d'aise : « Y a-t-il
« au monde un homme qui soit plus heureux, et qui se
« porte mieux que moi ? »

« En évoquerons-nous d'autres, Messieurs ? si vous le
jugez convenable, je n'ai qu'à faire un signe.

— Je crois, docteur, dit le petit charpentier, que les
quelques témoignages exceptionnels qui viennent de se
produire forment une assez belle somme d'autorités pour
que tu n'insistes pas.

— Eh bien ! Messieurs, fit le docteur, je conclus
donc ; car je pense en avoir assez dit pour qu'il ne vous
reste aucun doute sur le sens de la thèse qui est, selon
moi, la seule soutenable en pareille matière ; à savoir
qu'étant écartés les cas normaux d'incapacité d'existence,
et étant donné que l'homme ne sera pas fatalement do-
miné par les exigences de sa condition sociale, c'est à
lui qu'appartient en propre, sauf accidents ou événements
imprévus, la faculté de s'assurer la longévité.

Et maintenant si vous demandiez d'extraire de l'ensemble des préceptes dont l'observation peut concourir
à cet heureux résultat, celui qui paraît les résumer tous,
je vous rappellerais d'abord cette idée, utopique en ap-
parence, émise par Maupertuis, du *retard* apporté en
l'existence, et je vous dirais : « Voyez, cherchez, s'il
n'est pas en votre pouvoir quelque moyen d'user moins
vite « l'étoffe dont la vie est faite » ; je recourrais ensuite

à certain aphorisme d'Hippocrate, ce penseur de tant de sens : « Pour l'homme qui tient à se garder en santé, il « faut que travail, exercice, manger, boire, sommeil, « et toute autre action de sa vie soient *modérés* »; enfin je résumerais ce résumé en empruntant au beau livre de l'*Hygiène de l'âme*, du baron de Feutchtersleben, la phrase que voici :

« Tout le secret de l'art de prolonger l'existence consiste à ne rien faire pour l'abréger. »

FIN

LA

CROISADE DES ENFANTS

I

LES REMONTRANCES DE MAÎTRE ÉVERARD

Il y a bien longtemps de cela : près de huit siècles, car c'était au printemps de l'an 1212, au temps du grand roi batailleur, Philippe-Auguste.

D'une des plus obscures maisons de la cité de Vendôme sortait, avec une sorte d'allure furtive, une enfant d'aspect à la fois étrange et charmant.

Elle était blonde, pâle, frêle. Son long visage, d'une maigreur d'ascétisme, s'illuminait de deux grands yeux d'azur, brillant d'une douce lueur, sous l'arcade saillante d'un front haut et large. Le nez avait une légère courbe impérieuse, mais la lèvre fine était fraîche, rose ; et le petit menton, joliment arrondi, montrait une fossette mutine. Physionomie qu'on ne savait voir sans en être frappé, car les plus insolites contrastes y produisaient la plus séduisante harmonie. C'était du rêve et de l'énergie, ce qui surprend et ce qui impose ; de la candeur et de la gravité, ce qui plaît et ce qui commande.

Le pas de l'enfant avait une lente et calme régularité, qui le faisait presque ressembler à un glissement.

On eût dit qu'en marchant elle suivait inconsciente une vision qui l'appelait et à qui elle souriait en esprit.

Elle allait le front à demi baissé, l'œil à demi levé...

A peine eut-elle fait quelques pas dans la rue qu'une porte s'entr'ouvrit à la maison d'en face, un jeune garçon parut qui, regardant la jeune fille comme le fidèle regarde l'image sainte devant laquelle il va s'agenouiller, parut vouloir se diriger vers elle. Mais au moment où il quittait le seuil, de l'intérieur, une main se posa sur son épaule :

« Où vas-tu, mon Nichol ? dit en même temps la voix d'un homme à front chauve, à longue barbe grise.

— Mais, père..., fit Nichol tout interdit.

— Rentre, » reprit doucement le vieux homme.

Et, se reculant lui-même dans la maison, il ne parut pas voir sans une intime satisfaction le jeune garçon faire preuve à son égard de la plus docile obéissance.

« Bien, mon enfant, dit-il. Viens par ici. »

Et, suivi de Nichol, il entra dans une petite salle contiguë à celle qui s'ouvrait sur la rue, et qui n'était autre qu'une boutique d'orfèvrerie aussi bien garnie qu'il était possible qu'elle le fût, à cette époque, dans une ville de moyenne importance.

Ayant refermé la porte derrière lui, et se trouvant seul avec le jeune garçon :

« Tu avais vu sortir Anielle de chez son père, dit-il, et tu te disposais à la suivre, n'est-il pas vrai ?

— Oui, père, répondit franchement Nichol.

— Eh bien, voilà ce que je ne voudrais pas.

— Quoi ! père, vous me défendriez !... fit Nichol d'un air profondément alarmé.

— Non, mon enfant, repartit le père, je ne défends rien ; je conseille, voilà tout.

— Mais, père !... » voulut encore se récrier Nichol.

Le père l'arrêtant, sans brusquerie aucune cependant :

« Écoute, mon enfant, écoute. Bien que tu n'aies encore

que quatorze ans, te voilà presque grand et fort comme
un homme, et autant d'esprit que de corps. On peut donc
avec toi raisonner, au lieu de commander sans donner la
raison de ce commandement. Que voyant passer Anielle,
la petite-fille de maître Guy, notre voisin et mon vieil
ami d'enfance, tu sois tenté d'aller avec elle, pour le
plaisir de te trouver avec elle, je le comprends de reste.
Vous avez été élevés, pour ainsi dire, ensemble; car ta
mère, ma chère, ma sainte défunte, et sa mère à elle,
la fille de maître Guy, étaient deux inséparables, jusque-
là que, tout par un triste soir, la mort venant prendre
l'une, a cru devoir prendre aussi l'autre presque du
même coup... Il y a déjà six ans de cela... Tu étais encore bien jeune, mon Nichol, et moi déjà très vieux; car
c'est bien vieux seulement que j'ai songé à me mettre en
ménage... Que veux-tu? j'avais ta vieille grand'mère...
qui m'aimait tant, qu'il me suffisait de l'aimer pour
avoir le cœur plein de joie... Quand elle mourut, Guy
avait, lui, une fille d'âge à être mariée. Ce fut chez lui
que je connus ta mère, qui était l'amie de sa fille... Et
il devint grand-père, un peu après que moi je fus devenu père. Il fut ton parrain, comme je fus parrain
d'Anielle... Tout cela marque donc la grande amitié qui
existait entre les deux maisons.

— Est-ce que cette amitié n'existe plus, père? demanda Nichol; est-ce qu'il ne faut plus qu'elle dure?

— Ce n'est pas ce que je dis, mon enfant, ce n'est pas
ce que je veux dire.

— Et quoi donc, père?

— Tout d'abord je t'ai retenu parce que, un jour de
travail, il ne convient plus qu'un garçon de ton âge
quitte l'atelier pour aller errer de ci ou de là à la façon
d'un enfant. Tu n'as point de temps à perdre, vois-tu,
si fils de maître tu veux devenir maître à ton tour, et
d'autant moins que me voilà réellement vieux maintenant... Puis-je même savoir si assez de jours me seront

encore donnés pour faire de toi un bon, un habile ou-
vrier ? Notre état est minutieux, difficile ; on n'y devient
expert ni en quelques mois ni en quelques années... Et,
sans me vanter, la maîtrise que j'occupe depuis tantôt
trente-huit ans, et qui te reviendra quand je ne l'occu-
perai plus, aura été assez dignement tenue pour qu'il y
ait honneur à toi de ne point m'y faire regretter... Le
nom de maître Éverard, qui sera le tien quand il ne sera
plus le mien, est un héritage que tu devras garder dignement de toutes façons, tant comme honnête homme que
comme habile artisan. Honnête, tu le seras ; habile, il
faut que tu le sois ; car tu ne te souviendras pas sans
quelque fierté que maître Éverard, ton père, dut à son
savoir professionnel d'avoir le titre de prud'homme-re-
gardeur (inspecteur) du métier d'orfèvrerie, et à sa droi-
ture d'être élu maïeur général, ou chef des sept corps de
métiers de la ville de Vendôme, et tu voudras que mon
exemple ne soit pas perdu. N'est-il pas vrai, Nichol ? C'est
pourquoi tu dois travailler, et...

— Oui, père ; mais vous aviez, je crois, une autre raison pour me retenir.

— En vérité, et je dois te la dire. Vois-tu, mon enfant, je crains bien que d'ici à quelque temps il ne
puisse plus y avoir de relations entre moi et mon vieil
ami Guy.

— Pourquoi, père ? pourquoi ?

— Pourquoi ? parce que depuis longtemps la conduite
de maître Guy, comme artisan et comme particulier,
donne lieu à des plaintes, à des bruits que je voudrais
savoir mal fondés. Je donnerais beaucoup pour que tout
cela fût démontré faux. Mais il m'est revenu de mainte
part qu'il se livrerait à l'usure ; et de plus les *regardeurs-
prud'hommes* du corps de tannerie ont eu plus d'une fois
déjà à l'avertir, à le reprendre sur l'inobservance des
règles du métier, en vue de s'assurer un gain plus fort
au détriment de la bonne qualité des marchandises. En

dernier lieu, ils lui ont adressé une réprimande en quelque sorte publique, ce qui serait une vraie tache à son honneur d'artisan, si l'on n'admettait pas par esprit d'indulgence que, tenant compte de l'avis, il ne tombera plus dans les mêmes fautes... Moi, je crains qu'il n'y retombe; car le malheureux homme, poussé par je ne sais quel démon, me semble pris aujourd'hui d'une cupidité, d'une avarice extrêmes. Il est riche cependant, il n'a d'autre famille que cette petite Anielle... Pourquoi, dans quel but, cette fureur d'amasser qui le pousserait même à l'emploi de moyens réprouvés?... Je ne veux croire, moi, qu'au trouble causé en lui par tant de morts arrivées dans sa maison : sa femme, son gendre, sa fille...; le voilà seul avec cette enfant dont l'amitié devrait suffire à son ambition, comme tu suffis à la mienne. Eh bien, non! il rêve, je l'ai compris, des gains immenses, au lieu des gains honnêtes qu'il pourrait avoir... Il n'est plus déjà regardé que d'un mauvais œil par ses confrères du métier et par beaucoup d'autres gens du pays... C'est un homme qui, pour aller à la trop grande richesse, marche peut-être à la perte de son honneur; et voilà pourquoi, te parlant comme je parlerais à une personne d'âge mûr, je t'avertis, je te préviens que le jour pourrait être prochain, — Dieu veuille qu'il ne vienne pas! — où toutes relations devraient être rompues entre nous et... eux.

— Cependant, père, objecta Nichol, ne m'avez-vous pas dit hier que nous devions aller souper ce soir chez maître Guy?

— Oui, je te l'ai dit; et, en effet, j'ai accepté pour ce soir l'invitation qu'il est venu me faire. Cette invitation, à la vérité, m'a fort étonné de sa part, car il n'est plus coutumier de ces sortes de largesses; il vit, chacun le sait, le plus chichement du monde; pour un peu l'on affirmerait qu'il se refuse le nécessaire; et, tout d'un coup, voilà qu'il vient me parler de frairie. Il s'agit, au-

tant que j'ai compris, non d'un simple repas comme nous
en avons tant fait sans invitation autrefois, mais d'une
sorte de festin.

— Peut-être revient-il à ses anciens sentiments, dit
Nichol.

— Je le souhaite; mais je n'ose l'espérer, répondit
maître Éverard. Et toutefois, j'ai accepté sans arrière-
pensée; car, s'il est vrai qu'il songe à quitter son singulier genre de vie et ses fâcheuses visées, je me reproche-
rais d'avoir contribué à l'arrêter sur cette bonne voie en
paraissant douter de ses intentions. Il a été, il est encore
mon ami; et si tant est qu'il doive se mettre dans le cas
de réprobation, c'est moi qui dois être le dernier à m'éloigner de lui...

— Et moi, dit Nichol d'un accent navré, faudra-t-il
donc que dès maintenant je songe à m'éloigner d'Anielle,
alors que rien !... »

Maître Éverard interrompit son fils : « Ah ! fit-il avec
toute la douceur que pouvait lui inspirer la plus vive tendresse paternelle, tu ne m'as pas compris. Encore une
fois j'ai voulu t'avertir, rien de plus; j'ai voulu, — car
je prévois la séparation forcée, — que le coup ne te fût
pas trop brusque... et encore une fois, je te le répète,
c'est à un homme et non à un enfant que j'ai pensé parler.

— Oui, oui, certainement, murmura Nichol, qui, bien
que faisant tous ses efforts pour paraître digne de l'opinion que son père avait de lui, ne réussissait que très
imparfaitement à ce rôle difficile... Mais, voyez-vous,
père, elle est si douce, si gentille! J'aime tant à la voir,
à l'entendre! Elle n'est point cause de tout ce que fait
son père, elle, n'est-ce pas?... Ce n'est pas elle qui lui
conseille de manquer aux lois du métier, d'être avare,
d'être usurier, — s'il est vrai qu'il le soit. Est-ce qu'elle
s'occupe de tout cela, elle? Est-ce qu'elle n'est pas comme
un bon ange n'ayant que beaux regards, bonnes paroles ?...
Est-ce que vous ne l'avez pas entendue?...

— Mon Dieu ! si, mon Dieu ! si, repartit le père, qui à son tour ne faisait déjà plus bonne contenance.

— Est-ce qu'il y a, est-ce qu'il y aura jamais rien à lui reprocher ?

— Je ne dis pas cela, mon enfant.

— Est-ce que son cœur n'est pas le meilleur, le plus droit des cœurs ?

— Certainement..., certainement ! répéta maître Éverard.

— Et vous-même, père, vous-même, maintes fois, alors que vous ne vouliez pas une chose, est-ce qu'il n'a pas suffi que petite Anielle vînt vous dire : « Mon parrain, « il faut le vouloir, » pour qu'aussitôt vous dissiez : « Eh « bien ! oui, je le veux ? »

— C'est vrai ! fit naïvement le vieil orfèvre. C'est vrai, cette enfant-là est comme une charmeuse.

— Ah ! je savais bien que vous seriez de mon avis ! s'écria Nichol tout joyeux.

— Eh ! répliqua vivement maître Éverard, c'est justement parce que je suis de ton avis que, craignant ce que je dois craindre, je voudrais que... »

Maître Éverard s'interrompit de lui-même devant le regard douloureux qu'il surprit dans les yeux que Nichol fixait sur lui :

« Au travail, enfant ! s'écria-t-il comme pour trancher brusquement le nœud de la situation embarrassante où il se trouvait ; au travail ! il est bon que tu apprennes ce que peut le travail pour venir en aide au cœur des honnêtes gens. Allons, nous perdons ici le temps à jaser, tandis que la besogne presse. »

L'instant d'après, maître Éverard et son fils avaient repris leur place parmi les ouvriers qui travaillaient gaiement ; mais il faut bien le dire, ni le père ni le fils ne semblaient gagnés par la gaieté répandue dans l'atelier...

II

LA CHARMEUSE

Anielle était sortie seule de la maison de maître Guy, son grand-père ; seule elle avait passé devant la maison de maître Éverard, le père de Nichol, et pourtant quelques minutes plus tard, ayant gagné les riants coteaux qui, hors de la cité, dominent le cours du Loir, elle y était entourée d'une vraie foule d'enfants, filles et garçons, qui l'avaient suivie, et qui avaient formé comme un menu peuple faisant cortège à une mignonne reine.

Pendant qu'elle traversait la ville : « Anielle, où vas-tu ? » avait dit un de ces enfants qui se trouvait dans la rue. « Là-bas, » avait répondu d'une voix doucement pénétrante la petite Anielle, qui pour faire cette réponse n'avait pas semblé échapper à sa rêverie. Et l'enfant avait suivi.

Un autre, sortant en hâte de la maison paternelle comme avait fait Nichol : « Oh ! Anielle qui passe ! » Et celui-là encore s'était mis sur la trace de la fillette.

Plus loin un groupe : « Voyez ! Anielle ! — Oui, c'est elle ! — Allons ! allons ! — Bonjour, Anielle ! — Bonjour ! — Nous veux-tu ? — Venez. »

Et ainsi jusqu'aux dernières maisons, qui avaient vu passer une troupe nombreuse. Anielle marchant la première, de son même pas régulier, les autres suivant presque en silence, eux si bruyants par leur âge, paraissant écouter comme pour ne rien perdre des mots qu'elle pourrait dire; observer pour qu'aucun de ses mouvements ne leur échappât. Elle allait devant elle, sans avoir évidemment aucun but déterminé; ils prenaient le chemin, le sentier qu'elle indiquait en le prenant elle-même... Enfin cette foule était *à elle*.

Comment? Pourquoi?...

Maître Éverard avait dit le mot « charmeuse ». Charmeuse était, en effet, la petite Anielle, qui n'avait confiance de son empire que pour s'enivrer en quelque sorte elle-même du plaisir qu'elle goûtait à l'exercer.

Quel charme était d'ailleurs le sien? Celui de la candeur normale; celui d'une espèce de rêveuse intuition de choses naïvement étranges, d'idées joliment singulières; celui d'une imagination qui dans une douce fièvre trouvait toujours un gracieux essor; celui d'une âme qui souvent se révélait aussi puissante que le corps paraissait frêle; celui de ce contraste même de force morale et de faiblesse physique qui tant de fois et sous tant de formes s'est assuré tant de victoires.

Elle avait des attitudes, des mouvements, des paroles, qu'elle seule savait avoir, et qui, étonnant les yeux ou frappant l'esprit, la signalaient comme un être à part. Sa voix surtout avait une vibration qui était faite à la fois de langueur et de pénétration, et qui de l'oreille gagnait aussitôt le cœur, où elle causait une sorte de ravissement.

Comment son empire se manifestait? — Par des riens qui semblaient grands, par des élans tout spontanés qui se communiquaient sans qu'on s'expliquât pourquoi, par des mots qui avaient l'air de révélations...

Toujours est-il que cet empire, grands et petits le subissaient; grands, à l'occasion quand il leur arrivait de prendre garde à cette enfant qui d'instinct, — notons-le, — s'effaçait trop pour être souvent remarquée; pe-

tits, à tous moments, car il était de tradition parmi ceux
de son âge qu'elle fût suivie, entourée. Elle ne pouvait
paraître sans qu'un cortège se formât; quel plaisir trouvé
par eux à cela? — Le charme : c'est tout dire; chose qui
ne s'analyse guère.

Ce jour-là, par exemple, où les avait-elle conduits, et
quel plaisir leur offrait-elle qui pût les captiver ainsi?
Simplement ceci : le printemps riait là-bas sur les col-
lines; l'aubépine avait sa neige odorante; les fleurettes
étoilaient les marges vertes des chemins. Anielle allait
regardant le frais paysage, aspirant les suaves senteurs;
et tout en marchant elle parlait... de quoi? sur quoi? —
C'était, pour ainsi dire, à elle-même qu'elle s'adressait,
mais comme si elle eût traduit des rêves, des visions, où
passaient toutes sortes d'êtres gracieux... Et les enfants
écoutaient. Et parfois c'était une fleur qu'elle prenait, et
dans cette fleur elle voyait, elle faisait voir une séduisante créature; et parfois c'était sur les nuées qu'elle
lisait ou qu'elle montrait de grands, de saisissants tableaux, et les enfants contemplaient ébahis, disant :
« C'est drôle. Il n'y a rien de tout cela, et pourtant tout
cela nous le voyons. » Ou bien, tout à coup, elle entonnait d'un accent si doux, si suave, quelque chant qu'elle
seule savait, ou qu'elle semblait faire sien, tant il était
délicieusement changé par sa voix; et les enfants avaient
comme un ravissement... Et aussi quelquefois, — rarement, — elle était prise d'une fine gaieté qui les égayait
tous; elle indiquait un jeu nouveau, on le faisait, et
c'était le plus joli jeu qu'on eût jamais fait... Et que
sais-je?...

Donc, la petite reine était là, entourée de son peuple
fervent qui, en ce moment, l'écoutait dire une des singulières impressions de son esprit contemplatif, quand, au
tournant du chemin sur lequel elle était arrêtée, parurent
deux hommes qui, marchant côte à côte, l'un sur l'autre
appuyés, semblaient s'avancer péniblement.

Le moine et le clerc.

L'un de ces hommes, déjà d'un âge mûr, était grand, sec, blême ; il portait la robe de bure, la ceinture de corde, ses pieds nus étaient chaussés de sandales. C'était un moine d'un nouvel ordre mendiant. L'autre pouvait avoir au plus vingt-cinq ans ; il était court, trapu, avait le teint basané. Il portait l'habit sombre du clerc-écolier.

Anielle, qui fut la première à remarquer la venue des deux hommes, ne les eut pas plus tôt aperçus qu'elle courut au-devant d'eux, comme emportée par un sympathique instinct. Les autres suivirent.

« Révérend, dit-elle, s'adressant au moine, qu'avez-vous donc à cloper ainsi ? Eh ! mon Dieu ! il y a du sang au front de votre compagnon ! vos habits et les siens sont déchirés... Qu'est-ce donc ?... dites, qu'est-ce donc ?...

— Las ! mon enfant, répondit le moine, c'est... c'est une petite aventure... assez grave, après tout, pour mon compagnon, car il est blessé... et... et...

— Et, fit le jeune clerc dont la prononciation était affectée d'un singulier accent étranger, c'est bien à l'assistance du Révérend que je dois de m'être tiré d'affaire.

— Bah ! fit le moine, deux hommes sont plus forts qu'un seul, et voilà tout.

— Figurez-vous, mignonne, reprit le clerc, que, comme je traversais la forêt là-bas, des voleurs se sont jetés sur moi, m'ont terrassé, encore que je me défendisse de mon mieux ; et, m'ayant dépouillé de l'argent que j'avais dans mes poches, ils m'auraient certainement mis à mal tout à fait, si le Révérend qui avait passé avant moi, et à qui ces mauvais garçons n'avaient rien dit...

— Ils savent sans doute que nous avons fait vœu, nous les disciples de François d'Assise, de ne porter jamais aucun argent sur nous... C'eût donc été triste aubaine pour eux.

— Fort bien ! continua le jeune homme, mais sans le Révérend qui m'entendant crier est venu à mon secours j'étais assassiné. Il y a lui-même attrapé plus d'un mauvais coup. Il boite.

— Ce n'est rien, ce n'est rien, fit le moine.

— Mais vous, dit Anielle, s'adressant au jeune homme, vous avez une grosse blessure au front. Il faut laver, bander cela comme nous pourrons, en attendant mieux... « Vite, ajouta-t-elle, en arrachant la petite pièce de toile qui lui servait de coiffure et la tendant à l'un des enfants, il y a là tout près une fontaine, trempe cela dedans et reviens au plus tôt... — Allons, asseyez-vous, que je voie... »

Et, bien qu'il voulût par dignité affecter l'indifférence, il se trouva que déjà le jeune clerc obéit à la petite Anielle, sur le visage de laquelle il tenait attaché un regard ébahi... Il s'assit. Posant une de ses petites mains sur la tête du jeune homme, de l'autre, elle écartait doucement les cheveux qui cachaient la place du coup.

Le linge trempé d'eau arriva ; elle épongea la plaie, qui en réalité n'était pas fort profonde, puis, ayant noué le linge en manière de bandeau : « Maintenant, dit-elle, à la ville !... Allons !... » Et tout en prenant le jeune clerc par le bras, elle ajoutait en montrant de l'œil son épaule au moine : « Appuyez-vous sur moi, Révérend. »

Le moine obéit à son tour. Et Anielle marchant entre les deux hommes, qui à son contact semblaient avoir oublié leurs maux (car le moine ne boitait qu'à peine, et le clerc portait droit sa tête bandée), le groupe auquel la foule des enfants faisait cortège eut bientôt gagné l'intérieur de la ville, — où son arrivée d'ailleurs ne laissa pas de produire quelque émotion.

En avant s'étaient portés quelques-uns des enfants, qui allaient répétant aux uns et aux autres l'aventure des voyageurs.

Or, la rumeur s'étant propagée jusqu'au quartier où se faisaient face les maisons de maître Éverard le bijoutier et de maître Guy le tanneur, il va sans dire que Nichol et son père ne furent pas les derniers à venir voir sur la porte quelle pouvait être la cause du tumulte qu'on entendait au dehors.

La raison connue, et maître Éverard ayant réfléchi une minute en regardant s'avancer Anielle au milieu des deux étrangers : « Un moine éclopé, fit-il, un clerc dévalisé, c'est deux hôtes que la bonne petite dans l'abandon de son cœur compte conduire à son grand-père ; mais c'est un de trop pour le moins. Passe encore pour le moine, qui ne saurait causer grands frais au voisin Guy ; mais pour le clerc, qui n'a plus un denier et dont il faudra regarnir l'escarcelle si l'on veut qu'il puisse continuer sa route, je crois que l'avisement n'est pas heureux. »

Et maître Éverard, accompagné de Nichol, allant au-devant d'Anielle : « Partageons, mignonne, lui dit-il.

— Quoi donc, parrain ?

— Le plaisir d'offrir asile et repos aux voyageurs malheureux. Tu sais que j'ai à la maison certaine eau excellente pour les blessures, et voilà un jeune garçon qui pourrait s'en trouver bien ; car je vois que le sang coule encore sur son front.

— Eh bien ! c'est cela, repartit la fillette, partageons ; à vous le jeune homme, parrain ; à nous le Révérend. »

Puis, parlant au clerc : « Allez avec mon parrain ; tenez, je vous laisse à mon ami Nichol, il aura bien soin de vous, il est si bon !... Vous serez certainement mieux soigné que par moi ; allez, messire clerc, allez ; prenez la main de Nichol. »

Le clerc prit la main que lui tendait le jeune garçon.

Et maître Éverard et son fils rentrèrent avec leur hôte, tandis qu'Anielle emmenait le moine dans la maison de maître Guy...

III

UN SOUPER CHEZ MAÎTRE GUY

Il n'est prodigalité que d'avare qui d'aventure fausse obéissance à ses instincts d'avarice.

Ce soir-là, tout était littéralement hors des règles ordinaires chez maître Guy. Dans la salle toujours sombre, une grande table était dressée, sur laquelle pendaient plusieurs lampes à triple bec qui jetaient de joyeuses clartés. Sous la haute cheminée flambaient des monceaux de branches dont les flammes léchaient de grands chaudrons où se faisaient des bouillonnements odorants. Au travers, par devant, deux broches étaient posées, qui tournaient une oie et un quartier d'agneau... Plusieurs grands brocs étaient pleins à côté des *tranchoirs* [1] bien grillés qui marquaient les places des convives ; deux femmes allaient, venaient, surveillant les apprêts culinaires, et deux autres se disposaient à faire le service de la table. Jamais, en vérité, fête pareille ne s'était vue sous le toit de maître Guy.

Vers la dernière heure du jour, maître Éverard sortit de sa maison, suivi de Nichol son fils et du jeune clerc

[1] Sorte de galettes spéciales ou de larges *tranches* de pain qui servaient d'assiettes en ce temps-là.

qui, bien qu'ayant encore le front ceint d'une bande de
toile, semblait assez remis de sa mésaventure pour devoir
faire bonne figure au festin où l'orfèvre avait cru pouvoir
l'emmener.

Maître Guy, un grand vieillard, dont à première vue
l'aspect vénérable n'eût rien laissé supposer des sentiments qui lui étaient reprochés, si l'on n'eût pris garde
à l'obliquité en quelque sorte normale de son regard,
— maître Guy, en habit neuf, attendait ses convives au
seuil.

« Guy, mon ami, dit l'orfèvre, nous voilà, Nichol et
moi, fidèles à ton rendez-vous. De plus, ayant un hôte,
je ne pouvais le laisser souper seul au logis, et il nous a
accompagnés d'autant plus volontiers qu'il se dit l'obligé
de ta petite Anielle.

— Je sais, je sais, fit maître Guy d'un air tout gaillard, le moine m'en a parlé. Le moine est là, il sera aise
de retrouver son compagnon de route... et d'accident.
Bienvenu soit donc le jeune clerc. Entrez. »

Ils entrèrent.

Le moine était, en effet, dans la salle, et avec lui deux
autres hommes qui, voyant entrer maître Éverard, parurent vouloir se confondre aussitôt en salutations exagé-
rées. Maître Guy les présenta sous les noms de Guillaume
Porco et de Hugues Ferré, négociants de Marseille avec
lesquels il était depuis longtemps en relation, et qui,
passant par Vendôme au retour de Paris, où ils venaient
de conduire toute une cargaison de marchandises orien-
tales, lui avaient fait le plaisir de se reposer un jour ou
deux en son logis.

Tout en faisant le plus civil accueil aux compliments
que lui prodiguaient les deux Marseillais, qui se décla-
raient très honorés de s'asseoir à la même table qu'un
homme de cette dignité, de cette importance, maître Éverard crut devoir s'imposer quelque réserve à l'endroit de
ces étrangers qui lui semblaient se livrer trop de prime

abord pour qu'il y eût grand fond à faire sur leurs ver-
beuses protestations.

On se mit à table. Maître Éverard s'y trouva flanqué
des deux Marseillais, tandis que maître Guy avait à sa
gauche le jeune clerc et à sa droite le moine qui devant, disait-il, observer la plus grande sobriété, ne prenait place au festin que pour faire honneur à son hôte,
Anielle avait auprès d'elle, au bout de la table, son ami
Nichol.

Des brouets, des viandes furent servis ; les brocs se
penchèrent sur les coupes... — et, quoi qu'en eussent le
moine, qui restait fidèle à sa règle en refusant net tout
mets succulent, toute liqueur enivrante, et maître Éverard, qui d'instinct ne se sentait pas à l'aise entre ses deux
loquaces voisins, — il y eut bientôt dans la salle une
certaine animation.

Les plus bruyants propos, à vrai dire, étaient dus aux
Marseillais qui, sans motif et sans discrétion, narraient
à tour de rôle les épisodes des nombreux et lointains
voyages qu'ils avaient faits un peu partout, et qui avaient
eu généralement pour résultat de brillants succès com-
merciaux.

Maître Guy ne tarissait pas d'admiration sur le génie
aventureux de ses amis ; mais ses exclamations n'éveil-
laient que d'assez pauvres échos ; car, pendant que maître
Éverard se bornait à acquiescer d'un geste aux laudatives
formules de son compère, le moine, dont l'esprit semblait
être loin de cette sphère profane, gardait un grave silence ; les deux enfants, tout occupés l'un de l'autre,
restaient complètement indifférents au verbiage des étrangers ; et le jeune clerc, qui cependant paraissait y prêter
une véritable attention, ne traduisait ses impressions que
par quelques mots prononcés entre ses lèvres et en quelque
sorte pour lui seul.

« Ah ! fit tout à coup Guillaume Porco, celui des deux
marchands qui l'emportait sur l'autre par l'assurance et

la faconde, ah! voyez-vous, il n'y a rien au-dessus du
négoce, quand on sait en avoir l'esprit; au véritable négociant toute occasion est bonne pour réaliser d'impor-
tants bénéfices, et c'est ce qui encourage à courir le
monde comme nous faisons, mon ami Ferré et moi,
sans compter qu'ayant fait d'avantageux marchés, nous
en procurons d'avantageux à nos clients... Ainsi, tenez,
une fois, — et cette fois peut se renouveler sans doute;—
il nous fut donné de traiter avec un Oriental qui avait
besoin de réaliser son avoir pour retourner en son pays
d'une certaine quantité de métaux et de pierres précieuses, de l'argent, de l'or.

— Ah! fit maître Éverard, qui pour la première fois
avait paru prendre quelque intérêt direct aux paroles des
marchands.

— Oui, ce fut une excellente aubaine pour nous et
aussi pour les orfèvres d'Avignon et de Lyon, qui nous
achetèrent cette marchandise. Si bonne qu'au prochain
voyage que je fis dans leur pays, celui des orfèvres qui
nous avait pris la majeure partie des métaux et des pierres
voulut absolument me faire accepter, comme présent de
gratitude, cet anneau fabriqué avec notre or, et où une
de nos pierres se trouve montée. »

En disant ces derniers mots, le Marseillais avait ôté
de son doigt une grosse bague qu'il présenta à maître
Éverard.

Maître Éverard prit le bijou, se leva pour le voir mieux
en se rapprochant de la lampe, et comme il s'attardait à
l'examiner en silence :

« Eh bien! que vous en semble? demanda Guillaume
Porco : bel or, n'est-ce pas, et pierre magnifique?...

— Il me semble, dit maître Éverard, qui se rassit
tranquillement en rendant la bague au Marseillais, il me
semble que si vous avez pu, vous, en toute conscience,
vendre aux orfèvres cet or et ces pierres à bas prix, les
rfèvres sont de malhonnêtes gens qui ont pu vendre

comme or et comme cristaux de bon aloi des bijoux semblables à celui-ci.

— Quoi ! vous ne le trouvez pas beau !

— Très beau pour tromper, mais non pour valoir, repartit froidement maître Éverard.

— Ah ! fit le marchand, vous êtes difficile.

— Pardon, reprit maître Éverard, en recevant la maîtrise, j'ai fait le serment d'être loyal, et je tâche de rester
fidèle à mon serment, voilà tout. »

Le marchand, désappointé, éprouvait un visible embarras pour se donner une contenance.

Son compatriote lui vint en aide, qui, pour faire diversion, interpella le clerc : « Çà, vous, jeune homme, qui
ne dites rien, si vous nous appreniez d'où vous êtes, d'où
vous venez, où vous allez ? Certainement, vous ne pouvez
être ici sans avoir beaucoup voyagé, car à votre teint et
à votre accent l'on comprend bien que vous n'êtes pas né
tout près d'ici... Où donc ?

— Dans les montagnes de la basse Italie, répondit le
clerc, non sans quelque hésitation.

— Au-dessus de Naples, reprit le marchand, vraiment ! Eh bien ! par ma foi ! vous n'avez ni l'allure ni
l'accent des gens de cette contrée, que je connais beaucoup.

— Mon Dieu ! fit le clerc, il y a plus de quatre ans que
j'ai quitté mon pays pour aller étudier à Paris, et vous
comprenez, le mélange des deux langues...

— J'entends bien, j'entends bien... Alors vous retournez dans votre pays, après vos études finies ?

— Justement.

— Et vous vous destinez à la prêtrise sans doute ?

— Peut-être.

— Mais quel est donc le nom de la ville, du bourg où
vous êtes né.

— Oh ! c'est un si petit village !

— Mais encore est-il dans le voisinage d'une ville que je dois forcément connaître... Le nom?...

— San-Marco, repartit ou plutôt balbutia le jeune homme, qui, on le comprenait, était fort à la gêne.

— Près de quelle ville? »

Le jeune clerc hésitant, ce fut le moine qui répondit :

« Près de Potenza, dit-il, dans les montagnes, il y a un village de ce nom.

— C'est cela, près de Potenza, reprit le clerc, tout heureux de l'assistance que lui prêtait le moine.

— Ah! vous croyez? fit le marchand parlant au moine.

— Je ne crois pas, je suis sûr; j'ai, moi aussi, voyagé par là, » répliqua le moine.

Et il y eut un moment de froid silence ou plutôt d'embarras général, qui s'explique de reste; car les indiscrètes questions adressées par l'un des hâbleurs au jeune homme, qui avait évidemment des raisons pour taire le nom de son pays, succédaient à la sévère réplique par laquelle maître Éverard avait fermé la bouche du marchand qui, sans aucun doute, voulait sonder l'orfèvre sur l'éventualité, sur la possibilité d'un marché louche : et ainsi le plus grand nombre des convives se trouvaient mis en désaccord.

Maître Guy lui-même ne semblait trop savoir quelle tournure il pourrait donner à l'entretien.

Le moine, qui comprit le difficile de la situation, se chargea de la sauver.

« Oui, reprit-il, j'ai séjourné et voyagé par là à mon retour de la Terre-Sainte.

— La Terre-Sainte, répéta aussitôt de sa voix argentine la petite Anielle, en dirigeant vers le moine un regard éclairé de la plus vive curiosité, vous avez donc vu la Terre-Sainte, Révérend?...

— Hélas! oui, mon enfant! » soupira le moine.

Alors Anielle de l'air le plus naïvement étonné :

« Quoi ! fit-elle, avoir été dans le pays de la sainte Vierge et du saint Sauveur ; avoir vu le pays où le doux petit Jésus était tout enfant ; le pays où il a fait tant de miracles, où il est mort sur la croix pour nous sauver tous, et dire : « Hélas ! » — Comprends-tu ça, Nichol ? ajouta-t-elle, en se tournant vers le jeune garçon dans le cœur duquel chaque parole de la petite fille semblait trouver un fidèle écho.

— Oh ! non, » fit-il.

Alors le moine : « Je dis : hélas ! mes enfants, et vous allez le comprendre, parce que j'ai vu le sol sacré qui fut le berceau de notre croyance livré aux infidèles, aux ennemis de notre foi, qui là-bas règnent en maîtres barbares, en tyrans cruels ; parce que là-bas tout sanctuaire est profané par le culte impie du prétendu prophète ; parce que ce n'est même qu'en se cachant sous les dehors de l'impiété que le chrétien fervent peut aller se prosterner aux lieux témoins de l'accomplissement des divins mystères ; et parce qu'en voyant le misérable état d'abandon où se trouve la patrie du Sauveur, le fidèle doit nécessairement se lamenter à l'idée de l'indifférence qui a saisi maintenant les peuples chrétiens...

— Ah ! c'est vrai, fit Anielle, qui parut sous le coup d'une intime révélation.

— C'est vrai ! fit Nichol, qui, lorsqu'il était près d'Anielle, ne savait avoir d'autres pensées que celles de la jeune fille.

— Oui, trop vrai ! » dit le moine, qui hochait tristement la tête en levant les yeux au ciel, et en joignant les mains.

Sur quoi maître Guy, d'un ton délibéré : « Eh ! sire moine, je vous en demande pardon ; mais cette antienne n'est point nouvelle, savez-vous bien ?

— Je le sais, mon hôte, repartit gravement le moine ; mais, comme l'a dit le sage-roi fondateur du Temple, aujourd'hui livré aux mécréants, rien de nouveau sous le soleil ; et il ne s'ensuit pas que ce qui est ancien soit méprisable.

— Non, certainement ; mais nos anciens ont fait l'épreuve des entreprises pour la délivrance des saints lieux, et nous savons ce qu'il leur en a coûté. Notre roi Philippe en a encore essayé... et la chose lui a trop mal réussi pour qu'il en essaye de nouveau.

— Et bien lui en prend, dit un des marchands ; car, encore qu'on ait réussi quelquefois, il est bien clair qu'il n'y a rien à fonder là-bas.

— Le manque de concorde a causé bien des malheurs ! objecta le moine.

— Ou ce sont peut-être les malheurs qui ont amené le manque de concorde, dit l'autre marchand. Ces entreprises-là ne sont plus notre fait. C'est du temps, de l'argent et des hommes perdus.

— Toutes choses qui seraient mieux dépensées au travail et au négoce, » reprit maître Guy.

Le moine, voyant ses opinions si peu partagées, se disposait à abandonner discrètement la partie, quand remarquant que le clerc souriait : « Jeune homme, que trouvez-vous donc de gai à cela, je vous prie ? demanda-t-il non sans laisser voir une sorte de surprise indignée.

— Moi ! fit le clerc qui, ne s'attendant pas à cette interpellation, parut comme sortir d'un rêve ; excusez-moi, je n'étais pas à l'entretien, ma pensée voyageait ailleurs, et j'ai pu lui sourire ; mais ce n'était pas ce que vous disiez qui aurait pu... J'ai trop de respect pour ces choses...

— De quelles choses parlez-vous, interrompit vertement le moine, puisque vous n'écoutiez pas, puisque votre pensée voyageait ailleurs ? »

Le clerc se mordit les lèvres. « J'ai entendu à demi, hasarda-t-il.

— Ah ! » fit le religieux qui fixait un regard irrité sur le jeune homme, quand la petite Anielle, qui avait quitté sa place, venant auprès de lui :

« Sire moine, lui dit-elle doucement, là, sous le manteau de la cheminée, il fait bon ; vous vous assoirez, Nichol et moi nous serons près de vous ; vous nous conterez les choses de là-bas, au pays de Jésus ; nous écouterons bien, nous, allez ! N'est-ce pas, Nichol ?

— Oui ! » fit Nichol, qui avait suivi Anielle.

Alors le moine, se signant et croisant les mains sur sa poitrine : « Seigneur, murmura-t-il, votre saint Évangéliste l'a dit, c'est de la bouche des enfants que sort votre plus digne louange. »

Puis, sans s'excuser autrement de fausser compagnie à l'hôte et aux convives, qui déjà d'ailleurs avaient renoué l'entretien sur d'autres sujets, le moine alla se mettre à la place qu'Anielle avait indiquée ; et il commença de faire à mi-voix un récit que les deux enfants, accroupis côte à côte devant lui, écoutaient béants, en laissant échapper de temps en temps d'extatiques exclamations...

Il en allait ainsi depuis environ une demi-heure, durant laquelle maître Éverard et le clerc, à peu près silencieux, n'avaient prêté qu'une imparfaite attention aux bruyants propos des deux Marseillais, à qui maître Guy donnait complaisamment la réplique, quand trois hommes survinrent, qui, se présentant de front et gardant tous trois la plus austère contenance, s'arrêtèrent après avoir fait quelques pas dans la salle.

En les voyant, maître Éverard s'était levé comme sous l'empire d'un sentiment de déférence ; le clerc se leva aussi, et les deux Marseillais crurent devoir imiter cet exemple, que cependant ne suivit pas maître Guy ; il sembla, au contraire, affecter de rester assis.

Au signal de celui qui était au milieu des trois, les nouveaux venus ôtèrent le chaperon de laine bleue qui

Les prud'hommes.

couvrait leur tête, et l'homme du milieu, d'une voix grave, solennelle :

« Nous, dit-il, bourgeois de la cité de Vendôme, et prud'hommes-regardeurs du métier de tannerie, en présence des gens, bourgeois ou étrangers, qui nous peuvent entendre et faire foi de notre déclaration, venons porter avis à maître Guy, que demain, heure de midi, les maïeurs des sept corps de ville étant réunis au lieu coutumier de leur conseil, il devra devant eux comparaître, pour que soient débattus plaintes et griefs de manquements à l'observance des règles du métier dont il s'est, lui maître Guy, rendu fautif, d'après rapport de nous prud'hommes-regardeurs, qui, pour cas de récidive et non de premier délit, avons dû soumettre le cas, non plus aux jurés du corps seul de tannerie, mais au Conseil des Sept Corps, devant prononcer comme gardiens de l'honneur général des maîtrises et métiers. Soit dit, soit entendu, soit obéi au nom du Père, du Fils, du Saint-Esprit, et des célestes patrons de nos humaines confréries...

— Amen! » répondit maître Guy, d'un ton qui pouvait paraître à la fois sérieux et ironique.

Puis il ajouta, en affectant une hautaine tranquillité :

« Il y a sur moi ici une haine, contre moi une jalousie, parce que, plus habile ou plus économe que d'autres, je sais arriver là où d'autres n'arrivent pas. La richesse fera toujours des envieux; je le vois bien, par les ennuis qu'on voudrait me causer. Eh bien! oui, j'irai devant le Conseil des Sept Corps, où sûrement justice me sera mieux rendue que devant les seuls jaloux du métier dont je suis l'un des anciens. Ce Conseil des Sept Corps, c'est toi, Everard, toi, mon vieil ami, qui le présides; tu seras là pour empêcher que les menées des envieux aient la haute voix sur les honnêtes raisons. »

Maître Éverard avait passé du côté des trois hommes :

« Ce n'est pas moi qui serai là, dit-il, ce sera ma conscience ; et fasse Dieu qu'elle n'ait qu'à déclarer ta complète innocence !

— Je l'espère bien ! » dit fièrement maître Guy.

D'un regard maître Éverard avait appelé à lui Nichol, qui ne vint pas sans avoir témoigné à la petite Anielle tout le regret qu'il éprouvait de la quitter sitôt.

Les trois prud'hommes, que la réplique de maître Guy avait trouvés impassibles, s'effacèrent en s'inclinant pour laisser passer maître Éverard, qui sortit, suivi de son fils et du jeune clerc.

Le lendemain, un peu après le lever du soleil, maître Éverard et Nichol accompagnaient au seuil de leur maison le jeune clerc, qui se disposait à se remettre en route et qui, avant de les quitter, leur témoignait de vives marques de gratitude pour l'hospitalité si libérale qu'il avait trouvée sous leur toit.

« C'est bien, mon ami, c'est bien ! ne mettez pas à si haut prix une chose toute naturelle, lui disait maître Éverard ; nous n'avons pris conseil que de notre devoir de chrétiens...

— Vous m'avez pansé, soulagé ; vous m'avez donné de l'argent pour continuer mon voyage, sans me connaître, et alors même que vous avez pu comprendre que je tenais à n'être pas connu... Mais, croyez-m'en, maître Éverard, la raison de cette espèce de mystère n'a rien d'inavouable, et l'homme que vous avez obligé n'est pas indigne de votre obligeance.

— Je n'en doute pas, mon ami, je n'en doute pas.

— Maître Éverard, je m'en vais bien loin d'ici, mais j'y emporte votre souvenir, et qui sait si quelque jour vous n'entendrez pas parler de moi ?... Des gens de mon pays peuvent passer par ici : si quelqu'un venait vous parler de Jacob, le pauvre clerc que vous avez assisté...

— Nous saurions qu'il s'agit de vous et nous serions

heureux qu'on nous apportât de bonnes nouvelles de Jacob, puisque Jacob est votre nom. Dieu vous garde, jeune homme, Dieu vous garde! »

Et, après avoir serré la main du voyageur, maître Éverard rentra dans sa maison.

« J'aurais bien voulu remercier aussi cette charmante enfant, qui la première m'a été si secourable, ajouta le clerc, qui s'adressait à Nichol en montrant la maison de maître Guy, mais je vous charge de lui dire que je ne l'oublierai pas non plus.

— Soyez tranquille, fit Nichol, je le lui dirai. Bon voyage !

— Adieu ! »

IV

LE JUGEMENT

A l'heure dite, les maïeurs des sept corps de métiers de la ville de Vendôme étaient réunis, sous la présidence de maître Éverard, dans une salle dont l'entrée était publique, et qui, bien que fort vaste, ne suffisait pas à contenir tous les curieux qu'avait attirés cet appel d'un artisan devant ses pairs.

La population vendômoise, étant depuis longtemps généralement prévenue contre l'homme mis en cause, ne pouvait rester indifférente à cette affaire, qui avait en elle-même une réelle gravité : car il ne s'agissait de rien moins que du solennel exercice d'un droit que s'attribuaient alors les corporations d'imposer à leurs membres l'honneur, la dignité qui, avec raison sans doute, leur semblaient importer à la prospérité commune.

D'ailleurs, le cas était rare d'une réunion plénière tenue pour décider d'un fait de discipline générale, les simples manquements aux statuts professionnels n'emportant comparution que devant les prud'hommes spéciaux du corps auquel appartenait le délinquant.

Grande, intense était donc la foule que maître Guy dut traverser pour se rendre devant les juges qui l'attendaient.

Il arriva la tête haute, le regard fier, se donnant tous les airs de l'homme qui a la conviction qu'un mot de lui doit suffire pour mettre à néant toutes les accusations et pour confondre tous ses adversaires.

Les deux marchands marseillais l'escortaient, qui, non mis en cause, mais semblant se porter solidaires de la robuste probité de leur ami, avaient cru devoir lui prêter l'appui de leur prétendue importance.

La foule s'ouvrit avec un murmure d'antipathie devant les trois hommes, qui paraissaient faire assaut de morgue. et de dédain superbe. Ils entrèrent ensemble dans la salle; mais quand ils approchèrent de la place réservée à l'*appelé*, les gardes des métiers préposés au bon ordre de la séance retinrent les deux étrangers. Maître Guy alla s'asseoir, seul, devant l'espèce de prétoire où les quinze juges (deux par corps de métiers et maître Éverard pour président) étaient réunis.

A peine maître Guy eut-il pris place, que maître Éverard, s'étant levé et découvert, invita les maïeurs des Sept Corps à prononcer avec lui le serment d'apporter, dans l'audition de l'affaire et dans l'opinion qu'ils devaient émettre, après l'avoir entendue, toute la pureté, toute la liberté de conscience dont peuvent être capables d'honnêtes artisans, de fidèles chrétiens. Tous jurèrent ensemble, la main tendue vers la croix, qu'un jeune apprenti tenait devant le président. Puis maître Éverard invita le maïeur qui se portait plaignant au nom de la corporation, et qui était en dehors des juges, à formuler ses griefs.

Le maïeur déclara que maître Guy avait, à plusieurs reprises déjà, méconnu les règlements professionnels, et maintes fois déjà avait encouru les reproches des regardeurs, pour introduction, dans ses cuves de tannage, de substances qui, en diminuant la dépense nécessaire à la fabrication ordinaire et traditionnelle, avaient pour but d'augmenter indûment le poids des cuirs, dont la qualité

laissait, en somme, beaucoup à désirer; livrés dans cet
état d'imperfection, ces cuirs ne pouvaient que discréditer
la corporation vendômoise, tenue partout, jusqu'alors,
en grande estime pour la valeur coutumière de ses pro-
duits.

Maître Guy tâcha de se disculper en déclinant très ou-
vertement la compétence des regardeurs, qui jalousaient
l'excellence des marchandises sorties de ses ateliers, et
qui, désespérant d'en égaler la perfection, se liguaient
pour dénigrer un concurrent trop redoutable. Deux de
ses principaux clients étaient là, d'ailleurs, qui, venus par
hasard, se feraient un devoir de témoigner de la bonne
qualité des marchandises que jusqu'alors il leur avait
vendues.

Maître Éverard, du gré des juges, dont il prit l'avis,
déclara que les étrangers seraient admis à témoigner,
puisque maître Guy désirait que ce moyen de défense lui
fût octroyé.

Les Marseillais s'avancèrent donc; ils parlèrent l'un
après l'autre; mais, comme dans leurs hâbleries ne se tra-
hissait guère que l'impertinente intention de faire assez
peu de cas des principes au nom desquels maître Guy était
mis en cause, il arriva tout naturellement que leur mal-
encontreuse intervention, loin d'en imposer à l'auditoire
et aux juges, ne parut qu'ajouter une mauvaise impression de plus aux sentiments défavorables généralement
répandus.

Toute liberté de discussion ayant été laissée des deux
parts, jusqu'à ce qu'il ne semblât plus y avoir d'arguments à faire valoir, maître Éverard déclara que les juges
allaient délibérer.

Les quatorze maïeurs des Sept Corps se retirèrent donc
dans une salle voisine, et maître Éverard, qui, selon la
tradition établie en pareil cas, né devait prendre aucune
part à la délibération, afin que son influence en quelque
sorte suprême ne pût être acquise ni à l'accusation ni à

l'accusé, maître Éverard attendit sur son siège présidentiel la rentrée des juges.

Le silence qui jusqu'alors avait régné dans l'assistance aurait pu, de fait, être rompu, car l'audience était, en réalité, suspendue ; mais il devait suffire de la présence du vénérable artisan pour en imposer à la foule. Dans tous les groupes, sans aucun doute, les pensées, les opinions s'échangeaient, se communiquaient, mais à voix si basse, que le sourd murmure résultant de l'ensemble de ces discrets entretiens avait comme un solennel caractère de déférence à l'adresse de maître Éverard.

Accoudé des deux bras sur la table qui était devant lui, le front appuyé sur ses mains croisées, les yeux baissés, maître Éverard pouvait sembler à la fois ou plongé dans une triste méditation, ou absorbé par une fervente prière. Les assistants se le montraient avec une sorte de pieux respect.

Les maïeurs furent absents pendant une grande demi-heure. Quand il les entendit rentrer, maître Éverard se leva, et deux d'entre eux étant venus à lui, pendant que les autres se rangeaient de chaque côté, lui communiquèrent à voix basse le résultat de la délibération.

Alors maître Éverard, au milieu des maïeurs, qui tous étaient restés debout : « Devant le Seigneur qui m'entend, dit-il, en présence de cette assemblée où toutes choses concernant maître Guy ont été témoignées et débattues, je déclare que l'avis des maïeurs des Sept Corps de métiers de la ville de Vendôme est que maître Guy, par ses manquements aux règles du métier, dont une déconsidération peut revenir aux corporations vendômoises, et pour n'avoir point tenu compte des avertissements reçus, a mérité qu'une peine lui soit appliquée...

— Ah ! ah ! » fit maître Guy, avec un rire narquois qui trouva de l'écho chez les deux Marseillais, et qu'accueillit une rumeur d'indignation.

Un flot de sang monta au front de maître Éverard, qui

parut en éprouver comme un douloureux étourdissement, car on put voir qu'il s'appuyait à la table pour ne pas chanceler sur lui-même.

Mais, soudain, à cette rougeur succéda sur son visage une blafarde pâleur, et il reprit d'une voix profondément altérée, mais encore grave et pénétrante :

« C'est pourquoi, de l'avis et au nom des maïeurs réunis, gardiens consciencieux de l'honneur des sept corps, moi ancien et chef des maîtrises de la cité vendômoise, je déclare maître Guy privé du droit d'exercer le métier de tannerie durant une année à dater d'aujourd'hui ; en cas de contrainte à exercer contre maître Guy, en appelons à tous bourgeois de la cité pour que le jugement des maîtrises ne reste pas sans avoir son plein et juste effet. Ainsi soit-il ! »

Et, remettant son chaperon, maître Éverard s'apprêtait à se retirer, suivi de ses collègues, les prud'hommes, quand maître Guy, élevant la voix au-dessus du bruit approbatif qui avait accueilli la sentence :

« Ah ! vraiment, cria-t-il, voilà ce que les maïeurs appellent juger en conscience ! et qui donc a prononcé ce consciencieux jugement contre moi ? l'ami qui, hier encore, était à ma table, me promettant amitié et soutien...»

Maître Éverard, qui s'apprêtait à sortir de la salle, s'arrêta, fixant sur maître Guy un regard navré. Une terrible émotion le secouait, et il prit le bras d'un des prud'hommes.

« Oui, continua maître Guy, autant de juges, autant de gens dont j'aurais pu acheter le silence et même les services ; mais je n'en ai pas voulu..., car je suis honnête, moi !

— Eh ! certainement, fit un des marchands.

— Sans doute, » ajouta l'autre.

Le premier effet des violentes récriminations de maître Guy n'avait d'abord produit que l'étonnement ; car, s'il était rare que le conseil des Sept Corps fût assemblé pour de telles assises, il était inouï que le respect traditionnel qu'il inspirait n'en eût pas imposé même à ceux qu'il avait frappés des peines les plus graves ; cette surprise, qui tenait de la stupeur, durait encore quand les deux marchands, dont la présence était oubliée, provoquèrent une subite irritation en se mettant de la partie.

« Silence ! silence ! leur fut-il crié de divers côtés. Respect aux juges !

— Ah ! oui, silence ! ah ! oui, respect ! répliqua aussitôt maître Guy, qui s'agitait entre ses deux compromettants amis. Du silence, alors que des hommes injustes parlent de telle façon ? Du respect pour des gens qui n'ont jugé qu'avec leur dépit et leur jalousie ? Et maître Éverard, le premier, qui était mon hôte hier, et qui, aujourd'hui, n'a pas honte de porter un jugement contre moi... Ah ! la belle conduite !

— Taisez-vous ! taisez-vous ! dirent cent voix indignées.

— Eh non ! je ne me tairai pas ! Je dirai ce que j'ai à dire, reprit vivement maître Guy.

— Non ! non !... cria la foule.

— Si ! riposta le tanneur. Si ! je parlerai pour dire que je me moque de leur jugement injuste. Ils veulent que je ferme mon atelier, eh bien ! soit, je le fermerai ; je ne leur porterai plus ombrage... Mais que m'importe ! je ne mourrai pas de faim pour cela... J'ai su gagner là où eux tous sont restés sans profit. C'est ce qui les enrage !

— Encore une fois, cria plus haut que tous un robuste artisan que les propos de maître Guy mettaient hors de lui, encore une fois, taisez-vous... ou sinon !...

— Ou sinon quoi ? demanda insolemment le tanneur.

— Silence ! silence ! dehors ! reprit la foule qui devenait furieuse.

— Oui, voilà que tous vous êtes pour eux, tous !... C'est bon ! je me souviendrai que tous ont été contre moi... Le tour de chacun peut venir, entendez-vous. L'avantage est souvent à celui qui joue le dernier.

— Qu'est-ce qu'il veut dire ? demanda un des assistants.

— Il a insulté les juges ; maintenant il nous menace de vengeance, parce que nous sommes avec les juges honnêtes.

— Honnêtes ! répliqua maître Guy, avec une hautaine ironie.

— Oui, honnêtes !

— Ah ! ah ! » ricana le tanneur, et ses deux compères s'avisèrent de rire avec lui.

Alors il y eut comme un éclat d'orage contre les trois hommes.

« Hors d'ici, les insolents ! cria une voix.

— Au Loir ! dit une autre.

— Au Loir ! au Loir ! » fut-il répété de toutes parts.

Presque aussitôt maître Guy et les deux Marseillais se trouvèrent occuper le centre d'une cohue de gens qui se ruaient sur eux, qui voulaient les saisir, les entraîner.

Comprenant seulement alors que mal leur en avait pris, de défier à ce point l'opinion, ils ne cherchaient plus qu'à s'effacer pour échapper au mauvais parti que la foule se disposait à leur faire ; mais déjà, semblait-il, c'était trop tard se raviser ; si on les laissait marcher vers l'issue de la salle, ce n'était qu'en les serrant de très près, qu'en les tenant appréhendés de tous côtés. Et d'ailleurs les cris : « Au Loir ! au Loir ! » retentissaient avec une intensité croissante.

La foule ayant débouché, tumultueuse et bruyante, dans la rue, maître Guy et ses amis crurent pouvoir s'esquiver plus aisément ; mais ils continuaient à être pressés, maintenus, s'attirant même des menaces et des horions quand ils voulaient se dégager des mains cramponnées à leurs vêtements, déjà mis en lambeaux ; et les cris, qui redoublaient, ne faisaient que surexciter le terrible, le redoutable entrain populaire.

« Laissez, laissez-les marcher seuls, disait l'espèce de

Après le jugement.

colosse qui s'était constitué comme le coryphée de la foule irritée ; ainsi entourés, ils n'échapperont pas. Allons, allons !...

— Au Loir ! au Loir ! » hurlaient mille voix.

Et l'on allait... Les trois hommes, blêmes, tremblants, jetaient autour d'eux des regards effarés, anxieux, comme pour évoquer quelque providentielle intervention ; mais ils ne voyaient que de nouvelles masses furieuses s'ajouter à la multitude qui fluctuait en répétant de plus belle : « Au Loir ! au Loir ! »

Tout d'un coup, cependant, ils purent croire qu'allait prendre fin la terrible situation où ils se trouvaient, car la voix qui domina un instant toutes les autres était celle du jeune Nichol, le propre fils de maître Everard, qui s'était jeté à travers la foule, pour arriver jusqu'auprès des hommes qu'elle entraînait.

« Eh quoi ! disait-il, que voulez-vous faire ? que projetez-vous ? Est-il possible que vous songiez à mettre à mal des malheureux, parce qu'ils ont dit quelques mots déplacés ?

— Ils ont insulté les juges, ils ont traité de malhonnêtes gens tous les plus honnêtes gens de la ville, répliqua le colosse.

— Au Loir ! au Loir ! cria de nouveau la foule.

— Ils ont manqué de respect à maître Éverrad, que nous avons vu rougir de leurs insolents propos.

— Au Loir ! au Loir ! »

Alors Nichol : « Eh bien ! au nom de maître Éverard, dont vous savez que je suis le fils, au nom de mon père que vous respectez, que vous aimez tous...

— Oui, oui ! vive maître Éverard ! cria le peuple.

— Donc, au nom de maître Éverard, qui serait tant peiné s'il savait ce que vous voulez faire, laissez ces hommes !

— Non, non ! au Loir, les insolents !

— Au Loir, l'usurier !

— Au Loir, les mauvais étrangers !

— Alors vous m'y jetterez avec eux, » dit Nichol en passant son bras sous celui de maître Guy ; et comme, à ce moment, il apercevait venir le moine : « A moi, révérend, à moi ! cria-t-il, aidez-moi à empêcher un malheur, un crime !... »

Le moine s'avança, tenant levée la petite croix de bois noir qu'il avait prise à sa ceinture, et il voulut parler aux furieux ; mais, pendant que sa voix se perdait sans écho dans le tumulte, plusieurs hommes avaient repoussé Nichol, à qui le colosse disait tranquillement, aux applaudissements de la foule, que c'était affaire aux bourgeois et artisans de Vendôme d'assurer le respect à leurs maïeurs, en faisant un exemple des malavisés qui avaient manqué à ce respect.

Et Nichol voulant encore insister :

« Ah ! que voilà une bonté bien placée ! dit un homme qui venait d'arriver au milieu des groupes. Ah ! que voilà un pardon bien à propos accordé ! Ici, le garçon défend ces mauvaises gens, pendant que, là-bas, maître Éverard, son père, est peut-être agonisant, peut-être mort en ce moment...

— Que dites-vous ? demandèrent en même temps Nichol et un grand nombre des hommes qui étaient là.

— Je dis ce qui est vrai : que maître Éverard, saisi, frappé par l'insulte qu'il a reçue, et sûrement aussi par la peine qu'il a éprouvée en prononçant ce jugement, vient de tomber dans une attaque ; je l'ai vu pâle, raide ; on le secourait, rien ne faisait... J'ai couru pour avertir son fils ; on a dû chercher un prêtre, un médecin...

— Mon Dieu ! mon Dieu ! fit Nichol en portant avec désespoir la main à son front ; et, la foule s'ouvrant devant lui, il eut bientôt disparu, en courant du côté de la maison où s'était tenue l'audience.

— Et nous leur ferions grâce ! reprit le colosse.

— Non ! non ! » vociféra la foule.

Et, comme le flot tumultueux arrivait à la rencontre de deux rues qui conduisaient, l'une à la maison de maître Guy, l'autre au bord de la rivière, la multitude témoigna bien de la formelle hostilité de ses intentions : tenant étroitement cernés les trois hommes, elle tourna d'elle-même dans la seconde de ces rues, en répétant plus énergiquement encore : « Au Loir ! au Loir ! »

Si jusque-là maître Guy et les Marseillais avaient conservé quelque espoir d'échapper à la population irritée, ils purent alors croire leur dernière heure venue ; aussi, brisés, anéantis, ne marchaient-ils plus que comme des hommes ivres, semblant n'avoir plus conscience d'eux-mêmes, quand il arriva que dans cette rue où la bruyante cohue venait de s'engager le bruit violent des voix proférant des cris de mort se trouva mêlé à la placide harmonie d'un chant pieux que disaient à l'unisson une quarantaine d'enfants qui venaient, processionnellement en quelque sorte, à l'autre bout de la rue.

Tout à coup même les cris se turent, et le chœur des enfants s'entendit seul, pendant que la foule s'arrêtait comme prise d'un étrange étonnement.

La troupe des enfants, qui chantait une hymne à la mère du Sauveur, s'avançait tranquillement. Au premier rang marchait Anielle, dont la voix, aux charmantes vibrations, dominait doucement toutes les autres.

Le moine, qui n'avait pas abandonné son hôte, courut au-devant de la jeune fille :

« Las ! chère enfant, lui dit-il, que faites-vous ? où allez-vous ?

— J'étais allée prier pour qu'il n'arrivât rien à mon grand-père, répondit-elle ; ils sont venus avec moi, eux, et alors j'ai dit : « Chantons à la sainte Vierge, pour qu'elle le protège. » Et voilà, nous chantions...

— Mais un grand danger le menace... Voyez, voyez, ces gens lui veulent du mal.

— Un danger ! du mal ! répéta la douce enfant, dont

les yeux s'animèrent, et qui jeta sur ses compagnons de prière un regard qui parut tous les appeler plus près autour d'elle. Oui, ajouta-t-elle, mon grand-père est en danger, oui, je le vois au milieu de tout ce monde! qu'est-ce donc? qu'y a-t-il? Allons, amis, allons! »

Et elle entonna de nouveau le chant interrompu que la foule enfantine reprit en chœur avec elle :

> Sainte Marie,
> Mère bénie,
> Secourez-nous!

Et, sans hâte, la jeune troupe, rangée autour d'Anielle, qui étendait les bras comme pour faire instinctivement plus étroit, plus visible le lien qui l'unissait à elle, s'avança vers la multitude, qui ne criait plus, qui ne s'agitait plus. Le moine suivait.

Parmi les enfants qui avaient accompagné Anielle, plusieurs avaient là leurs parents, pour qui cette vue était un rappel à des sentiments autres que la haine. Une diversion se trouvait naturellement faite.

La troupe des enfants parvint sans obstacle jusqu'aux trois hommes, qui, laissés libres et serrés l'un contre l'autre, se trouvèrent comme réfugiés au milieu d'elle; et, toujours chantant sa prière, elle passa au travers de la foule, qui, frappée d'un inexplicable ébahissement, se laissa sans plus d'efforts ravir ses victimes, que, une minute plus tard, le tournant de la rue déroba à ses regards.

Anielle, conduisant la marche, semblait vouloir prendre le chemin de la maison paternelle; mais maître Guy, qui avait retrouvé quelque faculté de réflexion :

« Hors de la ville! dit-il, hors de la ville!

— Oui! oui! dirent les deux Marseillais, encore tout tremblants à l'idée du péril qui pouvait n'être que momentanément conjuré.

— Hors de la ville! » répéta le moine.

La troupe chantante se dirigea donc vers la campagne,

non sans causer une vive émotion de surprise dans les
quartiers qu'elle traversait, et où l'on ignorait ce qui
s'était passé.

Or, pendant que, d'une part, maître Guy et ses deux
malencontreux assesseurs s'en allaient ainsi aux frais
accords des voix enfantines, d'autre part, au milieu de
la consternation générale, des hommes rapportaient en
sa maison maître Éverard, qui, étendu pâle et inerte
sur une litière, n'avait plus que l'âme à rendre.

Quelques heures plus tard, maître Éverard expirait. Il
était mort sous le coup de l'émotion doublement terrible
qu'il avait éprouvée en se trouvant contraint, par la dignité qu'il occupait, de prononcer la condamnation de son
ami, et en voyant celui-ci faire si outrageusement mépris
du respect dû aux vénérables institutions sur lesquelles
reposaient l'honneur et la destinée des corps de métiers.

.   .   .   .

V

RENCONTRE

Deux semaines s'étaient écoulées, pendant lesquelles l'on n'avait plus vu reparaître maître Guy.

La maison du tanneur était, si l'on peut ainsi dire, fermée, mais non close ; car si tout avait cessé du mouvement et du négoce qui, jusque-là, s'y voyaient, si les nombreux ouvriers d'ordinaire occupés à l'intérieur avaient été forcément empêchés de continuer leurs travaux, encore y était-il resté la vieille gouvernante du logis, sorte de majordome aux allures sèches et rechignées, qui donnait pleinement raison au dicton déjà populaire : « Tel maître, tel valet. »

Si on lui demandait ce qu'était devenu maître Guy :

« Eh bien ! répondait-elle, puisque ses ennemis lui ont interdit la maîtrise, il n'a que faire d'être ici : et voilà ! »

Et l'on ne pouvait rien savoir de plus. Mais le moine, qui avait cru devoir rester l'hôte de cette maison où « le malheur avait passé », et que l'on voyait aller et venir de la ville au dehors et du dehors à la ville, le moine ne gardait pas une réserve aussi absolue. Par lui, l'on savait que maître Guy, ne voulant pas reparaître avant longtemps à la ville, était allé prendre résidence dans un des bourgs des environs, où il comptait vivre dans la retraite, jusqu'au jour où il croirait pouvoir démontrer qu'il n'était nullement coupable des fautes dont on l'avait chargé ; et comme il avait quelques affaires urgentes à régler, le moine lui servait de messager.

« Mais, demandait-on encore, la petite fille? Anielle, qu'est-elle devenue ?

— Hélas ! bien que fort jeune encore, la pauvre petite a vivement ressenti le coup dont son grand-père a été frappé. Elle est là-bas, plongée dans une sorte de profond abattement. A peine parle-t-elle. On dirait que son esprit soit comme confondu, perdu. Quand je veux lui démontrer — car il faut bien que j'essaye de la consoler — qu'elle n'est pour rien dans tout ce qui s'est passé : « Mon père, me dit-elle, priez Dieu pour nous ! » C'est tout ce qu'elle répond. Et elle prie, et elle soupire. J'ai peur que cette chère enfant ne succombe un jour au chagrin qui la mine.

— Pauvre petite ! » disait-on. Et ces témoignages de compassion étaient sincères, car la vilaine conduite du grand-père et l'approbation que chacun donnait à la peine prononcée contre lui n'avaient porté aucune atteinte à la sympathie qu'on avait toujours éprouvée pour la gracieuse fillette.

Et, pendant que la population raisonnante de la ville se bornait à manifester de tels sentiments, Dieu sait ce qu'il en était au sein de la population enfantine, qui, elle, n'ayant nullement su apprécier le caractère grave des événements, se bornait à en déplorer l'une des fâcheuses conséquences : l'absence d'Anielle, qui avait comme ôté l'âme à tout ce petit monde.

« Où donc est Anielle ? Pourquoi donc Anielle ne vient-elle pas ? Est-ce qu'elle ne viendra plus ? Qui est-ce qui nous guidera aux gentils jeux ? Qui est-ce qui nous dira les belles choses qu'elle disait ? Anielle ! Anielle ! Où est donc Anielle ? Que fait donc Anielle ? » Ainsi allaient se disant les uns aux autres les enfants de la cité vendômoise ; et il y avait parmi eux une véritable perturbation de la vie coutumière. . . . .

. . . .

Dans la maison de maître Éverard, — le digne homme, qui avait été mis en terre avec grande pompe, toute la population faisant cortège à sa dépouille, — on eût pu croire que rien n'était changé à l'état précédent, car les ouvriers travaillaient comme avant le décès du chef d'atelier ; les clients avaient accès à la boutique restée ouverte, où ils trouvaient pour traiter avec eux de toute affaire un des anciens du métier, que les maïeurs des corporations avaient, d'une commune voix, choisi pour prendre en main les intérêts de l'héritier et lui servir de tuteur jusqu'au jour où, l'âge venu et ses preuves faites, le fils de l'orfèvre défunt serait investi des droits de succession à la maîtrise paternelle.

Mais nul n'aurait pu affirmer que la sollicitude des confrères de maître Everard ne dût pas s'exercer en pure perte, car la terrible aventure à laquelle Nichol devait d'être orphelin avait produit sur lui d'autant plus d'impression qu'elle l'avait à la fois séparé de ce père qui était l'objet de sa vive affection, et d'Anielle, qui, après son père, ou plutôt au même degré, mais dans une autre sphère, ne lui était pas moins chère.

D'abord saisi, au retour des funérailles, d'une fièvre presque délirante, on avait craint pendant une semaine, sinon pour sa vie, tout au moins pour sa raison.

L'âge aidant, la forte nature avait eu raison du danger ; mais encore Nichol était-il resté sous l'empire d'une morne douleur. Silencieux, incapable de se livrer à aucun travail, étranger à tout ce qu'il voyait ou entendait, il ne semblait vivre que pour aller deux fois le jour prier et pleurer sur la tombe de son père : à l'aube et vers le coucher du soleil, comme pour commencer et finir la journée avec la même pensée.

« C'est bien ! avait dit la vieille matrone, qui était alors l'Esculape du pays, laissez l'enfant user le chagrin ; là est le meilleur remède... »

Et on le laissait.

Sur un tombeau.

Or, un soir que la nuit tombait déjà, il accomplissait
son pieux pèlerinage; comme il approchait de la place
où il avait coutume de s'agenouiller, le bruit de ses pas
fit se lever de cette même place une enfant qui se tenait là,
prosternée la face dans ses mains, et qui, en le voyant,
parut vouloir prendre la fuite : car, après un regard jeté
de son côté, elle se prit à courir pour s'éloigner de lui.

« Anielle! Anielle! cria-t-il d'un accent qui semblait
traduire à la fois et la joie et la peine; où vas-tu? où
cours-tu?... C'est toi que je revois, et tu t'enfuis! Anielle!
Anielle ! »

En parlant ainsi, il marchait les bras étendus, comme
s'il eût voulu retenir une vision.

A sa voix, Anielle s'arrêta tout à coup, comme domi-
née, et là où elle s'était arrêtée elle se laissa tomber à
genoux, le visage baissé.

Il vint près d'elle.

« Que t'ai-je donc fait? » dit-il, et il allait la toucher,
la relever ; mais elle se recula, et d'une voix éplorée :

« Ce que tu m'as fait! ne sais-tu donc rien? ne te
souvient-il donc de rien ?

— Quoi! que dis-tu? murmura-t-il, semblant avoir
une étrange confusion d'idées; que faisais-tu là-bas?...
Tu priais... sur sa tombe, à lui... et tu t'es enfuie quand
tu m'as entendu...

— Oui, je priais, reprit Anielle ; mais, ah ! que de
prières il faudrait pour le pardon !...

— Il a pardonné, Anielle, tout pardonné ! Ç'a été sa
dernière parole.

— Sa dernière parole! répéta la jeune fille, les regards au ciel, les mains jointes, comme saisie d'une
extase d'admiration. Sa dernière parole! tout pardonné !
Saint homme ! saint homme ! Mais c'est le pardon du
Seigneur qu'il faut !

— Le Seigneur est bon, Anielle, dit Nichol.

— Bon pour les bons! » répliqua-t-elle de cette voix douce

qui, dans sa douceur même, puisait une imposante gravité.

Et, après avoir dirigé sur Nichol un regard qui disait,
sans hauteur, mais avec une irrésistible autorité : Ne
me suis pas ! elle s'éloigna d'un pas lent.

Nichol, stupéfait, la regardait s'éloigner. Quand elle
eut disparu, il alla tout en larmes se jeter sur la tombe
de son père ; et la nuit était noire lorsqu'il songea à rega-
gner la maison, car le chagrin l'avait saisi plus fort à cette
idée qu'Anielle, qu'il venait de revoir, ne pouvait plus,
ne voulait plus être pour lui ce qu'elle était autrefois.

VI

OU SONT LES ENFANTS?

Bien que l'ombre fût à demi tombée quand Anielle traversa une partie de la ville pour rentrer à l'ancien logis de son père, dès ce soir-là cependant cette nouvelle avait couru parmi les enfants, qu'elle comblait de joie : « On a revu Anielle ! Anielle est revenue !... »

. . . .

Huit jours plus tard, un matin, à l'heure du lever, un bourgeois de la ville, convaincu d'avoir bien verrouillé sa porte la veille et trouvant le verrou tiré :

« Qui donc a pu sortir cette nuit ? demanda-t-il.

— Je ne sais, dit la femme; je n'ai pour ma part bougé de mon lit, et Michel, notre gars, doit être tranquille aussi dans le sien. »

Or Michel n'était pas dans son lit.

« C'est singulier ! où donc est Michel ?... »

Et le père de gagner la rue, où un autre homme l'apercevant :

« Croiriez-vous, maître Denis, qu'à ces heures je suis en quête de mon gars, qui a dû sortir de la maison cette nuit sans qu'on l'entendît, pour aller où ? Je vous le demande?

— Comme le mien, maître Joseph... N'auriez-vous point vu mon Michel ?

4*

— Quoi ! vous cherchez votre gars aussi, vous?

— Oui, aussi. »

Et une femme, survenant :

« N'auriez-vous pas vu mon Odette ? »

Puis un autre père et une autre mère, en quête l'un de sa jeune fille, l'autre de son jeune fils. Et dans toutes les rues de la ville on ne vit bientôt plus que gens s'adressant la même question : « Avez-vous vu mon enfant ? »

Rumeur générale dont ne fut pas exempt le quartier où se trouvait la maison de maître Everard et de maître Guy.

C'était à l'heure où Nichol sortait pour sa pieuse visite de chaque matin. Comme il passait le seuil de sa maison, au seuil de maître Guy venait de paraître le moine. Il y avait là grand émoi. Un groupe nombreux était formé, au milieu duquel parlait un enfant que chacun semblait écouter avec la plus curieuse attention. Un nom qu'il venait de prononcer, et que Nichol entendit en passant, fit que celui-ci s'arrêta pour écouter aussi. Le moine s'était avancé.

Ainsi avait dit ou disait encore l'enfant : « Oui, je sais où ils sont, moi, et si je n'y suis pas avec eux, c'est que j'avais trop sommeil. Mon frère m'a bien dit : « Allons, Jacques, te lèves-tu ? viens-tu ? » mais, ma foi ! il fait trop bon dormir. « Lâche! tu ne veux donc pas venir ? » m'a-t-il dit encore. Je l'ai laissé dire. Il est parti tout seul et je me suis rendormi. Que voulez-vous, j'avais sommeil, moi.

— Mais où donc est-il ?

— Là-bas, avec les autres...

— Là-bas ? où ?

— Ah ! je vais vous dire. Vous savez bien, il y a huit jours, Anielle est revenue.

— Oui.

— Et nous, comme toujours, d'aller après elle quand nous la voyions passer, pour qu'elle nous fit faire de

jolis jeux, pour qu'elle nous contât les belles histoires
qu'elle sait, pour qu'elle nous chantât ses belles chansons ; mais voilà qu'Anielle ne riait plus, ne chantait
plus. Ce qu'elle avait, je ne sais pas ; et nous la suivions
tout de même, et quand nous étions autour d'elle, elle
disait : « Las ! las ! le bon Dieu est fâché, le bon Dieu a
sa colère sur nous ! » Et il y avait dans ses yeux de
grosses larmes qui en faisaient venir dans nos yeux à
nous. Et nous nous disions, ayant peur : « Pourquoi le
bon Dieu a-t-il sa colère sur nous ? » Elle disait encore :
« Il faut prier, prier ! » Et elle commençait une prière,
que nous disions avec elle. Et c'était toujours avec tristesse qu'elle nous tenait.

« Et voilà que, l'autre jour, après midi, nous l'avions
suivie en dehors de la ville ; elle n'avait rien dit tout le
long du chemin, mais on voyait bien qu'elle pensait,
qu'elle allait dire... Au départ il faisait grand soleil ;
mais, arrivés là-bas, aux coteaux, nous vîmes le ciel
tout noir, tout noir avec des éclairs qui faisaient des ser-
pents dessus. Il commençait à tomber des gouttes. Nous
allâmes sous un grand noyer pour en avoir l'abri. Et
alors on entendit le tonnerre... Et pendant que nous
étions tous là serrés sous l'arbre, et que le tonnerre s'entendait et que sur les feuilles là-haut frappait la pluie,
Anielle dit : « Écoutez ! écoutez ! c'était ainsi quand le
bon Jésus rendait son âme sur la croix... Il est mort pour
nous, le bon Jésus... là-bas, bien loin... dans un pays
tout saint, tout sacré... Et nous faisons tant de péchés,
que le bon pays du bon Jésus est gardé par les méchantes
gens qui ne l'adorent pas, qui ne l'aiment pas, et qui
font du mal à ceux qui aiment le bon Jésus, quand ceux-
là vont dans le pays pour voir le berceau, le tombeau du
Fils de Dieu... Ah ! les péchés que nous faisons causent
bien des malheurs, ils mettent bien en colère le bon
Dieu ! »

« Ainsi disait Anielle, et nous de dire après elle : « Oui,

nos péchés doivent mettre bien en colère le bon Dieu. »

« — Et puis voilà, disait-elle encore, notre grand péché, c'est de savoir que le pays du bon Jésus est tenu par les méchants et de n'en pas avoir un profond chagrin, et de ne pas nous demander comment on pourrait faire pour que les méchants n'en soient plus maîtres... Et pourtant; si nous avions en nous bien fort ce chagrin, si nous nous disions que nous serions prêts à mourir pour que le pays du bon Jésus ne fût plus aux mains des méchants, le bon Dieu verrait que nous l'aimons, et il effacerait nos péchés et *ceux de nos parents*... et tous nous serions sauvés pour aller dans le grand paradis, dans le beau paradis où il y a les anges, les saints, les saintes, rangés aux pieds du bon Dieu, du sauveur Jésus, de sa divine mère, et où l'on voit tout ce qui est beau, où l'on entend tout ce qui est agréable : des soleils, des étoiles, des musiques, des fleurs, des oiseaux d'or... »

« Et pendant qu'Anielle parlait de cette façon, il nous semblait à tous que pour voir, pour entendre ces belles choses, nous aurions voulu être au paradis.

« Anielle nous parla longtemps, jusqu'à la nuit, et nous lui disions : « Parle encore ! » Mais alors elle dit : « A demain ! » Et nous revînmes avec elle en ville.

« Le lendemain nous nous trouvâmes de nouveau avec elle. Elle nous parla encore de toutes ces choses, et nous nous disions entre nous : « Si donc nous pouvions savoir comment gagner le pardon de tous les péchés... »

« Alors Anielle dit : « Il y a eu des fois où bien des chrétiens sont partis ensemble pour aller reprendre le saint pays aux méchants, aux païens... Il y avait des rois, des princes, des seigneurs, et des mille et mille gens... Ah ! il paraît que c'était bien beau de voir tout ce monde qui s'en allait là-bas pour délivrer le saint berceau, le saint tombeau, et gagner le paradis... Et ces gens prirent le pays une fois, deux fois... Et alors il y eut le royaume du bon Jésus... Ah ! le beau royaume !

« — Ah! oui, ce devait être un beau royaume! » dîmes-nous tous ensemble.

« Mais Anielle nous expliqua que les chrétiens s'étant querellés entre eux, les païens en avaient profité pour reprendre le pays, et qu'alors tout avait été perdu.

« Alors un grand d'entre nous dit tout à coup : « Et si nous partions, nous autres, les enfants, tous les enfants viendraient avec nous, nous serions des mille et des mille, et nous ne nous querellerions pas; et le saint pays resterait gardé, et nous aurions le paradis.

« — Oui, fit alors Anielle, dont les yeux étaient tout brillants de joie, partir! partir! c'était bien ce que je pensais : partir tous! nous serions tant et tant que les païens auraient peur rien qu'à ne pouvoir nous compter. Partir! partir!... Oh! il me semble que je vois déjà ouvert le paradis que nous irions gagner, et où seraient avec nous tous nos parents. Partir! oh! partir! »

« Et si vous l'aviez vue, si vous l'aviez entendue disant ça! Elle avait les mains jointes, les yeux levés... Nous la regardions; on aurait dit qu'elle parlait aux anges, au bon Dieu, et qu'elle allait monter vers eux. Et toujours elle faisait, pendant que nous la regardions sans rien dire : « Partir! partir! »

« Et que voulez-vous que je vous dise encore, moi? Tous les grands s'étant accordés, on décida qu'on partirait, Anielle nous conduisant. Mais on se promit qu'on ne dirait rien aux parents, parce que les parents pourraient ne pas vouloir : en quoi ils auraient tort, puisque c'était pour effacer leurs péchés à eux aussi, et pour leur gagner le paradis à eux aussi, qu'on allait là-bas... Alors on s'entendit pour se trouver tous, ce matin, avant le jour, à la fontaine des deux chênes, chacun devant sortir doucement la nuit. Et voilà! moi j'y serais bien aussi, puisque mon frère m'a appelé, mais j'avais sommeil, et... »

Ce que l'enfant pouvait dire encore ne devant rien ap-

prendre aux assistants, on ne l'écoutait plus, et, dans la foule qui s'était formée autour de lui : « Il faut courir, disait-on, les atteindre, les arrêter. S'ils ne sont déjà plus à la fontaine des deux chênes, ils n'ont pas eu le temps de faire beaucoup de chemin .. Allons ! »

Et la foule, en se précipitant dans la direction de la fontaine, put apercevoir, marchant à grands pas, l'un à quelque distance de l'autre, Nichol et le moine, qui avaient pris l'avance.

VII

DIEU LE VEUT!

Quand le moine rejoignit les enfants, un peu en avant du bourg qui était justement celui où maître Guy s'était retiré, déjà Nichol était au milieu d'eux. La foule des parents venait, tumultueuse, à quelque distance.

En arrivant auprès du groupe des enfants, le moine s'arrêta, et, après avoir en silence tenu fixé sur eux un regard où l'on aurait pu voir briller une sorte d'enthousiaste admiration : « Malheureux innocents, leur dit-il, mais sans qu'il y eût dans sa voix l'accent de la profonde conviction, où allez-vous ? que voulez-vous faire ?... Avez-vous songé à la grandeur, à la difficulté de l'entreprise dont vous avez conçu le projet ? pensez-vous... »

Mais Nichol l'interrompit, qui, placé près d'Anielle, semblait en proie à une véritable exaltation : « Eh quoi ! mon père, n'est-ce pas vous qui nous avez dit qu'il y avait honte aux chrétiens de laisser les infidèles tenir le pays du saint Sauveur ?... N'est-ce pas vous qui nous avez dit que la gloire du ciel était pour ceux qui sont morts en essayant de délivrer les saints lieux ?

— Oui, mon enfant, oui, sans doute, répliqua le moine avec quelque embarras, mais...

— Eh quoi ! mon père, reprit Nichol, ne vous souvient-il pas de nous avoir conté un soir, à Anielle et à moi, toutes les misères que les chrétiens endurent là-bas ? Ne nous avez-vous pas montré sur vos bras la marque des liens que vous avez portés vous-même, pour avoir voulu pénétrer jusqu'au saint tombeau en laissant deviner que vous n'étiez pas un infidèle ?

— Sans doute, fit encore le moine, au moment où la foule des parents arrivait.

— L'instant d'auparavant, continua le jeune garçon, n'aviez-vous pas dit à mon père, au père d'Anielle, aux étrangers qui étaient à table avec eux, que tout devait être laissé, oublié, pour la délivrance du pays de Jésus, que tout le reste n'était que vanité et biens périssables ; et n'est-ce pas parce que vous n'êtes pas convenablement écouté que, pour Anielle et pour moi, vous avez dit à part toutes ces belles mais tristes histoires de la persécution des chrétiens ?... N'est-il pas vrai, mon père, n'est-il pas vrai ?... »

Le moine pouvait d'autant moins répondre qu'alors il se trouvait entre les enfants, qui tous approuvaient les questions de Nichol, et les parents qui l'entouraient, et dont les regards lui demandaient compte de la résolution des enfants. Après un instant d'indécision, d'embarras :

« Eh bien ! oui, dit-il cependant, oui, j'ai pu vous conter les malheurs dont j'ai été le témoin ; j'ai pu désirer devant vous de voir cesser la triste indifférence des chrétiens envers les lieux saints que détiennent les infidèles, et où nous ne pouvons plus, nous, les fidèles, aller prier sans péril ; mais vous ai-je dit à vous, faibles innocents, que vous deviez quitter votre pays, vos familles, pour aller tenter cette délivrance ? Hélas ! que pourrez-vous ?

— Mon père, fit doucement Anielle, ne disiez-vous pas un jour que la foi peut tout ?

— Oui, la foi peut tout ! répétèrent les enfants.

— Ne disiez-vous pas, reprit Nichol, que, sous les yeux de Dieu, la force des méchants ne peut rien contre la faiblesse des justes ?

Dieu le veut !

— Mais..., voulut balbutier le moine.

— N'avez-vous pas dit que mieux vaudrait pour les chrétiens être morts qu'oublier ce qu'ils doivent au Seigneur ? Et ne sommes-nous pas chrétiens ?

— Oui ! chrétiens ! chrétiens ! dirent les enfants.

— Vive Jésus ! cria Nichol.

— Vive Jésus ! vive Jésus ! »

Ce cri, poussé avec tout l'élan de la foi naïve par la troupe des enfants, retentit au loin sur la campagne.

Le moine, quoique visiblement gagné par cette enthousiaste manifestation, tenta encore d'opposer aux résolutions des enfants quelques arguments, qui, de nouveau, ne firent que lui attirer les répliques énergiques de Nichol et d'Anielle, dont les moindres paroles étaient acclamées par leurs compagnons. Alors l'homme au froc, l'ascète au visage blême, au cœur de flamme, saisissant la croix qu'il portait dans la corde qui ceignait ses reins, et l'élevant vers le ciel :

« Dieu le veut ! s'écria-t-il, Dieu le veut ! A genoux ! à genoux devant le maître des âmes, à genoux !... » Et, comme il se fut agenouillé, tous les genoux fléchirent, tous les fronts se courbèrent sous la croix qu'il tenait élevée. « O Seigneur ! reprit-il de l'accent du prêcheur exalté, vous m'êtes témoin que je n'ai point mis en ces cœurs le projet de cette sainte entreprise, que j'ai voulu rappeler ces faibles à leur faiblesse, mais que leur force a prévalu. Bénissez, Seigneur, bénissez ces petits, qui glorifient votre saint nom, votre puissant amour. Bénissez aussi votre indigne serviteur qui, pour vivre ou mourir avec eux, ne doit plus quitter ceux que la foi a suscités pour votre divin service. »

Et le moine, s'étant levé pendant que tous restaient agenouillés, entonna à pleine voix le *Gloria in excelsis*, que trois à quatre cents voix d'enfants, d'hommes et de femmes répétèrent sous l'empire du même entraînement.

Puis, à peine les dernières notes de l'hymne sainte achevées : « Ecoutez! reprit le moine, écoutez! »

Et, appelant à lui toutes les ressources de cette simple mais énergique éloquence qui résulte de la plus ardente conviction, et qui saisit les cœurs simples, il commença, aidé du souvenir de ses souffrances personnelles, à parler de ce qu'il avait vu là-bas, au pays du Sauveur, de ce qu'il savait des efforts tentés aux diverses époques pour la délivrance de cette terre vénérée; des succès remportés, des causes qui avaient amené les revers, des mérites acquis dans les récompenses célestes à ceux qui avaient donné leurs biens, leur sang pour le triomphe de la milice chrétienne. Il continua, et Dieu sait si, en abordant ce point, il dut trouver dans sa brûlante ferveur de puissants, de persuasifs élans! Il continua, en montrant, comme marqué d'un caractère miraculeux, l'étrange et sublime mouvement de foi qui avait tout à coup emporté ces enfants vers une entreprise, vers un sacrifice qui allait certainement, par l'exemple, remuer le monde chrétien jusque dans ses entrailles et le réveiller de son funeste sommeil. Il parla des merveilleuses influences qu'allait avoir la levée de cette milice ingénue; il dit les cités émues, les campagnes entraînées, les grands, les puissants excités au saint devoir, les petits, les humbles se mettant à la suite; il prévit le succès dû à l'innocence même de cette jeune milice, qui, d'ailleurs, allait rencontrer partout l'appui, le concours, l'aide; il dit, enfin, la couronne de gloire et de félicité promise à ces héros au cœur ingénu, à l'âme pure... Et, après avoir étendu de nouveau la croix sur cette jeune assemblée, comme pour la marquer du sceau indélébile qui devait la donner au Seigneur, il acheva en répétant le sacramentel : Dieu le veut! qui avait déjà tant de fois soulevé, rallié les peuples chrétiens, et que toute la foule redit après lui d'une commune voix.

Puis encore une hymne fut entonnée, qui était comme le chant de marche de ceux qui partaient.

. . . .

Et comme cette foule bruyante allait traverser la bourgade où se trouvait maître Guy :

« Qu'est-ce donc ? murmura le vieil usurier.

— Les enfants de Vendôme, emmenés à la croisade par votre petite-fille.

— Par ma petite-fille ! répéta-t-il tout d'abord avec une sorte d'effarement. Elle, partir ! elle, s'en aller !... Mais je ne veux pas, moi, entendez-vous ? je ne veux pas ! Cette enfant a toujours eu d'étranges idées. »

Et, comme il allait se précipiter vers la foule qui venait : « Les enfants de Vendôme ! » ajouta-t-il, mais alors avec une calme et presque souriante réflexion : « Ah !... à la croisade !... Tiens ! tiens !... » Puis, quelques secondes après, on aurait pu l'entendre dire, parlant tout bas et comme en lui-même : « Pardieu ! ma fillette n'est pas déraisonnable du tout. Non ! elle a du sens, mon Anielle... En tout cas, je ne peux pas la laisser partir seule... Il faut voir, oui, il faut voir ! »

Et maître Guy alla voir.

––––––––

VIII

LE MOINE EST JOYEUX

« Dieu le veut ! Dieu le veut ! » répétait la jeune phalange qui, huit jours après son départ de Vendôme, avait parcouru environ trente lieues et qui, suscitant partout une sorte de saisissante émotion, avait partout communiqué un tel enthousiasme, que déjà elle ressemblait à une véritable petite armée.

Armée, disons-nous, car c'était devenu en effet une armée : c'est-à-dire que cinquante à soixante enfants s'étant mis spontanément en route, en rêvant de lointaines aventures, de conquêtes, de fondation d'État, sans avoir songé aux moyens matériels qui devaient faire réussir tout cela, ils n'avaient eu qu'à fournir une traite d'une semaine pour décupler leur nombre, pour avoir parmi eux maints compagnons nantis de beaux deniers, et pour pouvoir brandir de véritables armes, en marchant sous une véritable bannière.

Processionnellement, la petite colonne abordait les villages, les bourgs, les cités, ayant à sa tête la petite-fille de maître Guy, qui marchait les cheveux dénoués, portant une petite bannière bleue avec une croix blanche. Derrière elle marchaient côté à côte le moine dont le front rayonnait, et Nichol qui, donnant le signal des acclama-

tions ou des chants pieux, portait une pique au fer aigu
et brillant. Puis venaient, pêle-mêle, les jeunes croisés,
recrutés dans tous les rangs, dans toutes les conditions,
enfants échappés au toit rustique, à la maison de l'artisan, voire même au manoir, sans oublier maint adulte
qui s'était laissé emporter par le courant, quand ce courant avait passé.

Derrière enfin, le plus souvent à quelque distance,
se voyait maître Guy, menant par la bride une mule, sur
le dos de laquelle deux caisses étaient suspendues à une
sorte de bât.

Malgré son âge assez avancé, le vieil usurier, le pros-
crit du tribunal bourgeois de Vendôme, cheminait du pas
le plus allègre, et comme sous l'influence du plus vif
sentiment de satisfaction.

Il y avait de quoi étonner ceux qui, comme le moine,
avaient pu l'entendre traiter avec le plus parfait dédain
les pieuses et platoniques entreprises du genre de celle où
il se trouvait engagé.

D'ailleurs, cet étonnement, le moine l'avait connu. Il
y avait pour lui dans la conduite contradictoire de maître
Guy quelque chose d'inexpliqué, et dont on voyait qu'il
eût voulu avoir le cœur net.

Un soir, le soir d'un jour où, après une marche assez
longue, par un temps assez mauvais et alors que, pour
la victuaille commune à tout un groupe, maître Guy avait
spontanément tiré maints écus de son escarcelle, il arriva
qu'à la veillée, comme le vieillard procédait à son instal-
lation, pour la nuit, dans un petit bâtiment que des
paysans avaient mis à sa disposition, il arriva que le
moine s'étant arrêté à le considérer attentivement :

« Eh! par le saint nom de la croix! fit maître Guy,
qu'avez-vous donc à me regarder ainsi, révérend?

— Oui, en effet, je vous regarde, maître, repartit
sincèrement le moine, parce qu'il y a autant de joie que
de surprise à vous trouver si zélé pour une cause que...

— Que j'ai pu désapprouver à un certain moment ; n'est-ce pas ce que vous voulez dire, révérend ?

— C'est ce que je veux dire, maître.

— Eh quoi ! reprit le grand-père d'Anielle, l'esprit et le cœur de l'homme vous sont-ils donc si mal connus que vous n'ayez jamais vu ni l'un ni l'autre dévier de leur première opinion. N'avez-vous donc point d'exemple de conversion, vous dont la mission est de prêcher et de convertir ?

— Pardon, j'en ai vu quelques-unes.

— Eh bien ! c'est une de plus dont vous aurez été témoin, reprit vivement maître Guy, comme s'il eût voulu s'étourdir lui-même sur la portée réelle de ses paroles ; vous ne douterez plus de rien, je pense, maintenant. Vous m'avez vu opposant, vous me voyez consentant. Vous m'avez entendu mal parler peut-être des projets de cette sainte entreprise ; vous m'entendez dire qu'on fait bien de s'y ranger, de les suivre ; vous m'avez surpris affirmant qu'on ne saurait faire pire emploi du temps et de l'argent. Mon temps je le donne. S'il faut de l'argent, j'en dépense, j'en dépenserai. Est-il meilleure preuve à vous fournir d'une possibilité, d'une sincérité de changement ?

— Non, sans doute, repartit le moine, qui ne semblait pas cependant trouver bien naturelle l'espèce de fougue avec laquelle maître Guy avait cru devoir débiter ces derniers propos.

— Est-ce que la grâce ne peut pas nous toucher à tout âge ? insista maître Guy.

— A tout âge, se hâta de repartir le moine.

— Et si elle m'a touché, est-ce vous qui devez vous en étonner ?

— Je vous ai dit, maître, que je ne m'en étonnais que pour m'en réjouir. »

En ce moment arriva jusqu'aux deux hommes l'imposante harmonie du chant que les jeunes croisés avaient coutume d'entonner ensemble, chaque soir, avant de se livrer au sommeil, et dont le moine avait d'ailleurs arrangé les paroles sur le rythme du cantique qu'Anielle chantait jadis avec les enfants de Vendôme.

« Entendez-vous, révérend, entendez-vous ? c'est la prière du soir de nos braves petits soldats de Dieu ; et l'on ne serait pas saisi au cœur par cette foi si vraie, si vive ! et l'on ne se laisserait pas emporter par le zèle qui les enflamme ! Entendez-vous, entendez-vous ? » Et maître Guy, joignant les mains, levant les yeux au ciel, se mit à répéter, de sa vieille voix chevrotante, le refrain de l'hymne pieuse que disaient les centaines de voix claires, dont l'unisson faisait retentir au loin les campagnes :

> Vierge Marie,
> Vierge bénie,
> Tous nos cœurs sont à vous ;
> Protégez-nous !
> Veillez sur nous !

Puis l'ensemble des voix ayant entonné l'un des couplets, maître Guy continua avec le même élan :

> Au nom de votre fils, qui reçut notre vœu,
> Des ennemis du ciel pour confondre la rage,
> Soutenez notre foi, donnez-nous le courage,
> Dieu le veut !
> Dieu le veut !

Et alors il arriva que, croyant ne plus pouvoir garder aucun doute sur la sincérité, sur l'exaltation même des pieux sentiments de maître Guy, le moine, mariant sa voix au concert universel, sembla mettre dans son chant toute l'enthousiaste expression d'une ardente action de grâces.

Délivré d'un soupçon pénible, ce cœur simple s'abandonnait à la pleine et pure joie coutumière aux cœurs simples.

IX

LE MOINE EST SOUCIEUX

C'était un cœur simple, en effet, que celui-là, qui, tout en l'ayant d'instinct désiré, mais sans avoir rien fait pour la provoquer, se trouvait avoir pris sur lui la responsabilité morale de l'entreprise, dont le bruit allait répandant la plus étrange impression au sein du pays de France.

Tout entier aux pieuses spéculations, tout entier aux navrants souvenirs qu'il avait rapportés de la Terre-Sainte, de fait et d'esprit détaché des moindres vanités mondaines, le fervent disciple de François d'Assise, après s'être si souvent heurté aux froideurs, aux indifférences, avait cru faire un rêve céleste, quand il s'était trouvé au milieu de cette troupe d'enfants tout à coup saisis de la fièvre sainte.

Alors avait commencé pour lui une sorte de ravissement, dont la durée s'expliquait par l'état de privation, de macérations perpétuelles où ce fervent sincère entretenait son corps, et qui faisait de l'exaltation comme la situation normale de son esprit.

Que, entachée peut-être de quelque gloriole terrestre, l'idée ne vînt pas lui sourire de pouvoir se dire à lui-même, ou d'entendre dire qu'il avait été le Pierre l'Ermite de cette rénovation de foi militante; nous ne saurions l'affirmer. Toujours est-il que chaque jour, voyant la

troupe dont il était le chef spirituel devenir de plus en
plus nombreuse, voyant le mouvement prendre un caractère plus imposant par ce même accroissement du nombre, on eût dit qu'il était plus entièrement possédé par la
candide, par la séraphique ivresse du rêve devenant réalité.

Une seule ombre avait jusqu'alors passé sur le rayonnement dont il était ébloui : le doute des sentiments de
maître Guy. Ce doute banni, le moine s'était trouvé
comme élevé au ciel. Et la troupe continuant à grossir,
l'enthousiasme était d'autant mieux soutenu, que partout les populations étonnées témoignaient leurs vives
sympathies aux jeunes croisés qu'elles acclamaient,
qu'elles comblaient de présents, que le clergé des bourgs,
des cités, venait recevoir et reconduisait avec toutes les
pompes du culte.

Devancée sur la route qu'elle devait suivre par le bruit
de sa venue, la colonne aux rangs mélangés entrait dans
les villes au son des cloches ; on l'escortait avec des cris
joyeux, on lui jetait des fleurs. Quand la troupe s'arrêtait, le moine, à qui l'exaltation communiquait de vrais
élans d'éloquence populaire, haranguait les habitants ;
puis Anielle, qu'un groupe de jeunes filles entourait, de
sa voix dont la claire vibration avait un charme si singulier, Anielle disait seule la première strophe et le refrain
de l'hymne qu'avait composée le moine. Tous les jeunes
croisés reprenaient en chœur après elle, il n'en fallait pas
davantage pour éveiller la puissante émotion qui gagnait
des recrues à la pieuse expédition et la faisait considérer
comme une manifestation providentielle, digne de toutes
les déférences et de tous les vœux.

A Bourges, la troupe comptait environ deux mille
têtes. A Moulins, elle en avait déjà plus de cinq mille, et
comme elle approchait de Lyon, — quelque vingt-cinq
jours après son départ de Vendôme, — elle s'élevait au
moins à douze mille...

Jusque-là, d'ailleurs, bien qu'ayant recruté çà et là

un certain nombre d'adultes, elle avait gardé son caractère propre de levée enfantine, qui, suscitée par les prédications du moine, captivée par les charmes candides d'Anielle, entraînée par l'élan convaincu de Nichol, déférait à ces trois êtres une obéissance et une confiance absolues.

Or, un peu avant d'arriver à la vieille cité primatiale, comme un jour elle stationnait près d'un bourg sur les derniers coteaux du Beaujolais, la jeune armée vit se diriger vers elle un gros d'hommes d'armes, dont la venue ne laissa pas de causer dans ses rangs une certaine appréhension.

La crainte fut bientôt dissipée, car d'aussi loin qu'il leur était possible de se faire comprendre, les arrivants, levant leurs armes en manière de salut, acclamèrent bruyamment le nom de Jésus et de Marie.

Le moine, ayant Anielle et Nichol à ses côtés, s'était porté en avant des siens.

Celui qui semblait être le chef des hommes d'armes, — un vieux routier grisonnant, à l'encolure épaisse, au regard farouche, à la démarche brutale, à la voix rauque, — vint à lui, et tirant la grande et large épée qu'un baudrier de fer articulé suspendait à sa ceinture :

« Salut à la jeune milice chrétienne, dit-il en décrivant dans l'air une sorte de signe de croix avec le glaive rouillé qu'il agitait à deux mains; grand honneur sera pour nous à partager avec elle les périlleuses aventures, et à soutenir de nos bras aguerris les efforts qu'elle doit faire. Rangés sous sa bannière, nous saurons retrouver toute la noble ardeur qui nous animait à l'extermination des mécréants albigeois. Dieu le veut! Dieu le veut! » cria pour achever le vieux soudard.

Et la troupe qui le suivait répéta en brandissant, en entre-choquant ses armes, ce cri que poussèrent les jeunes croisés.

Mais, pendant que les enfants faisaient entendre ces acclamations, un nuage avait passé sur le front du moine.

Les routiers.

C'est que, si candide, si confiant qu'il pût être, le bon
religieux n'avait pu s'empêcher de concevoir quelques
doutes sur la sincérité, sur la spontanéité des sentiments
exprimés par l'homme d'armes, et d'éprouver quelque
répugnance à l'idée que cette troupe, très évidemment
composée de coureurs d'aventures, pût être associée à la
pieuse entreprise dont il avait la direction.

Car, en ce temps-là, il n'était pas rare de voir le pays
tenu par des bandes de ci-devant guerriers passés à
l'état de vagabonds, pillant, rançonnant pour leur propre
compte, du jour où le sire pour le compte duquel ils
avaient bataillé, pillé, rançonné, n'avait plus besoin de
leurs services; gens de mœurs plus que douteuses, prêts
à tout, capables de tout pour s'assurer la moindre aubaine. Tels devaient être ceux qui venaient de se présenter
au moine, et qui ne manifestaient rien moins que l'intention de marcher, — eux souillés de tous les vices, de toutes
les impuretés, — sous la bannière que la douce, la pure
Anielle faisait flotter à la tête de ses jeunes compagnons.

Qu'il fût vrai, d'ailleurs, que ces routiers eussent pris
part à la croisade albigeoise dont l'émotion récente durait
encore, rien ne le démontrait; mais le moine en prit
prétexte pour tâcher de dissuader ces hommes du projet
qu'ils avaient formé. Il leur dit, avec toutes les douceurs
de langage dont il fut capable, que ces enfants basaient
l'espoir du succès, beaucoup plus sur le prestige de leur
faiblesse même que sur la force brutale, qui tant de fois
avait échoué en pareille entreprise; qu'ils allaient plutôt
tenter sur les mécréants le pouvoir de la persuasion que
courir la chance des armes; qu'il se pouvait que le spectacle de ces innocents ayant quitté leur famille, leur
patrie, pour aller porter au loin le témoignage de leur
foi, touchât les infidèles; que Dieu accomplirait peut-être
en leur honneur un de ces miracles qui marquent une
époque dans l'histoire humaine.

« Alors, s'écria le vieux soudard, s'il y a miracle,

comme il faut l'espérer, nous aurons la joie d'en être les témoins ! »

Ce qui était dire que ses compagnons et lui n'entendaient pas renoncer à l'avantage qu'ils se promettaient de trouver en l'adjonction de leur troupe à celle des jeunes croisés, dans les rangs de laquelle ils affectèrent de se confondre aussitôt.

« La volonté de Dieu soit faite ! » dit ou plutôt soupira le moine.

Et les deux troupes, qui n'en formaient plus qu'une, s'étant mises en marche, traversaient quelques heures plus tard les rues de Lyon, pour aller prendre leur campement dans une épaisse saulaie qui couvrait alors le confluent du Rhône et de la Saône...

Campement nominal plus qu'effectif, point de ralliement plutôt qu'asile général, car encore qu'on fût dans la belle saison, encore que des toiles tendues de ci de là, entre les arbres, y créassent de véritables abris, où les habitants avaient apporté des monceaux de paille fraîche sur laquelle les voyageurs pouvaient se livrer au repos, il va de soi que ces mêmes habitants s'étaient à l'envi disputé la satisfaction d'offrir une hospitalité plus confortable à tel ou tel des jeunes pèlerins. Tout naturellement aussi les soudards avaient su, comme compagnons des enfants, trouver à se faire héberger en bons lieux.

Maitre Guy, là comme partout, du reste, était des mieux partagés ; son titre de grand-père de la charmante fillette qui semblait être l'âme poétique de l'entreprise, lui avait valu d'être commodément installé et libéralement traité chez un des notables.

Quant au moine, résistant à toutes les obsessions, il avait élu son séjour auprès d'un gros saule, au pied duquel il dormait la nuit sur un lit de paille, et autour duquel on pouvait durant le jour le voir rôder pensif, le front courbé. Quand il n'était pas agenouillé près de son arbre, il s'en allait s'asseoir au bord de l'un ou de l'autre des deux fleuves, et les yeux attachés sur l'eau qui courait en murmurant devant lui, il semblait perdre son esprit dans les plus sombres réflexions.

Un matin qu'il était là, caché par un gaulis d'osier, étranger à tout ce qui pouvait se passer autour de lui, son attention fut cependant distraite par l'entretien de deux hommes qui avaient pu, sans le voir, venir à quelques pas de lui. A la vérité, il entendit, si l'on peut ainsi dire, sans écouter; toutefois s'étant levé, il se trouva en face de maître Guy et d'un homme qu'il reconnut pour un des ouvriers de celui-ci, car il l'avait vu à Vendôme dans la maison du tanneur; il l'avait aperçu ensuite le jour du départ des jeunes croisés, avec lesquels il avait marché un jour. Puis l'homme avait disparu; et soudain il se retrouvait à Lyon causant en secret avec maître Guy.

D'un regard, le moine fit comprendre au grand-père d'Anielle l'étonnement que lui causait cette réapparition.

« Mon Dieu! répliqua, non sans laisser voir quelque embarras, maître Guy, qui s'efforçait de prendre une mine souriante, c'est bien simple. J'ai prévu que notre expédition devait un jour prendre la mer; c'est bien votre avis, n'est-ce pas? révérend.

— Certainement.

— Alors j'ai dépêché ce garçon, qui eut toujours ma confiance, vers mes amis de Marseille, pour qu'arrivant là-bas les moyens de transport...

— Vos amis de Marseille?... interrompit ou plutôt demanda le moine.

— Oui, vous les connaissez.

— Je les connais?

— Sans doute. Ces deux braves commerçants qui étaient le soir de votre arrivée à Vendôme, ceux avec qui vous avez soupé, Hugues Ferré et Guillaume Porco.

— Ah! je sais! fit le moine qui ne parut pas mettre dans ces paroles le moindre accent de satisfaction, croyez-vous que ce nous puisse être là des auxiliaires bien dévoués ?

— Eux, des auxiliaires, dites donc des compagnons, qui seront avec nous de tout cœur. Excellents chrétiens d'ailleurs.

— Ah ! fit le moine, qui tout naturellement se rappelait la façon dont ces excellents chrétiens avaient apprécié les pieuses expéditions dont il parlait devant eux.

— Oui, certes, excellents chrétiens, et la preuve est dans mes mains, » reprit maître Guy en ouvrant un papier sous les yeux du moine.

Le moine lut. « Merci, maître, d'avoir pensé à nous associer à cette bonne œuvre. Tout notre zèle est acquis à la sainte entreprise. Il nous tarde de le prouver... »

« C'est bien ! fit-il, c'est bien ! » Mais, pendant que maître Guy et son homme de confiance s'en allaient d'une part, de l'autre côté le moine gagnait une solitude où il portait un front encore plus sombre et plus soucieux.

. . . .

Cet ordre était établi dans la marche des jeunes croisés, que, dans l'après-midi des jours qu'ils passaient en repos dans les villes, tous se réunissaient pour prier, chanter en commun, et entendre la prédication du moine qui, en même temps qu'à eux, s'adressait à ceux des habitants qui étaient venus grossir l'auditoire.

Ce jour-là donc, la jeune milice, répandue dans la plus populeuse cité de France, avait été suivie de tant de gens que jamais assemblée aussi nombreuse ne s'était vue autour d'elle.

Après un chant, dont, selon la coutume, Anielle et ses compagnes vendômoises avaient donné le signal, et qui, selon la coutume, avait préparé les esprits à l'enthousiasme, le moine prit la parole. Mais, outre que sa voix d'ordinaire si puissante, si sonore, était ce jour-là comme voilée, comme assourdie par une sorte de profonde las-

situde, il advint que cette foule qui s'attendait à de su-
blimes élans de foi, à d'émouvantes persuasions, se trouva
en face d'un pauvre et froid raisonneur, qui laissa les
cœurs indifférents, qui ne sut éveiller aucun zèle, et qui
d'ailleurs se tenant dans les sentiers communs de la
morale et de la piété, fit à peine allusion à l'entreprise
qui avait tant étonné la population et qui causait tant
d'admiration parmi elle.

« Que nous avait-on promis? disaient les uns.

— Est-ce là ce grand prêcheur? disaient les autres.

— Cet homme a-t-il la foi? » ajoutaient même quelques-
uns.

L'auditoire allait se disperser sous l'influence de cette
découverte, quand le chef des routiers, le vieux soudard,
tout rogue et tout vermillonné de la plantureuse victuaille
à laquelle il avait fait fête chez quelque hôte généreux,
crut devoir haranguer à son tour, Dieu sait de quel ton,
Dieu sait en quels termes. Il parla, il cria, il invoqua à
tort et à travers les intérêts sacrés, le pur dévouement,
la vaillante foi; il montra l'infidèle anéanti, la phalange
partout victorieuse, prenant possession du saint territoire... Tant et si bien déclama-t-il, mêlant les gloires
célestes aux terrestres avantages, promettant les richesses
divines et les humaines satisfactions, qu'enfin de nombreuses voix s'élevèrent dans la foule pour acclamer le
vulgaire mais bruyant orateur qui avait su trouver le
chemin de *certaines* âmes, et qui, venu de la veille, put
être considéré par beaucoup comme le promoteur de l'entreprise.

Résultat : la grande cité, pour quelques jeunes garçons
et jeunes filles qui vinrent se ranger sous la bannière
d'Anielle, donna des centaines d'hommes sans aveu, qui
avaient leur place marquée parmi la bande des routiers,
et dont le pays fut loin de regretter le départ.

L'arrivée de ces recrues parut mettre au comble la
tristesse du moine...

X

DIVISION

Après trois journées de marche sur la rive gauche du Rhône :

« Çà, fit un soir le vieux soudard, parlant au moine et à maître Guy qui jusque-là avaient paru garder la direction de la troupe, çà, où comptez-vous nous mener ainsi tout le long de cette rivière qui s'en va droit à la mer, à la mer que vous n'avez pas, j'imagine, le projet de passer à pied sec.

— Non, sans doute, repartit maître Guy, mais dans de beaux et bons navires qui, à l'heure présente, se préparent pour nous recevoir.

— Ah! vraiment! fit le routier! mais voyons, examinons. *Nous* voilà combien?... Qui a compté combien *nous* sommes?

— Environ quatorze mille, répondit Nichol.

— Quatorze mille, soit; d'ici à la mer, combien de jours de marche, douze à quinze, n'est-ce pas? Supposons cinq cents recrues par jour, cela ne doublerait pas le nombre. Et, ces cinq cents par jour, les aurons-nous? Je connais le pays que nous allons traverser; la foi n'y est pas bien vive. Bref, nous arrivons, je suppose, vingt-cinq mille pour l'embarquement... Beau chiffre en vérité, quand il s'agira de prendre la mer; mais quel chiffre au débarquement en face des infidèles!

— Eh bien? demanda maître Guy.

— Eh bien! je suis d'avis que nous n'allions pas ainsi d'une course directe vers la mer.

— Mais les navires sont prêts, objecta vivement maître Guy.

— Qu'importe? ils attendront.

— Mais c'est impossible, nos amis qui se sont mis en dépense...

— Bah! il faut, vous dis-je, que nous prenions par le Piémont, par l'Italie, pour que nos rangs se grossissent, pour que nous arrivions à nous compter par quarante ou cinquante mille. Je sais, mieux que personne, le zèle que nous devons trouver en Italie, puisque mes compagnons et moi nous en venons.

— Vous disiez, l'autre jour, ce me semble, objecta froidement le moine, que vous reveniez de la croisade albigeoise.

— Oui, avant, avant! repartit, en éludant, le routier. Pour moi, je suis d'avis qu'il faut prendre par l'Italie.

— Et moi, qu'il faut gagner la mer, affirma maître Guy, à qui la proposition du soudard semblait causer une vive alarme.

— Il nous faut la bénédiction du Saint-Père, reprit l'homme à la grande épée, c'est le vrai viatique d'une expédition comme la nôtre, et, en traversant l'Italie, nous irons à Rome la demander; nous l'aurons.

— Oui, oui, la bénédiction du Saint-Père, » répétèrent plusieurs des compagnons du soudard, à Rome! à Rome! »

Sur la foule de ceux qui assistaient à cette discussion et que, vu leur ignorance, les questions de direction à prendre devaient laisser parfaitement indifférents, ces deux mots : « Rome et le Saint-Père, » ne pouvaient manquer d'exercer un véritable prestige. Aussi une sorte d'acclamation générale répondit-elle aux dernières paroles du vieux routier.

« Rome! Rome! la bénédiction du Saint-Père!...» répétaient ceux-ci et ceux-là. Et l'émotion était profonde à l'idée d'entrer dans la ville sainte, de voir le vicaire de Jésus-Christ et de s'agenouiller devant lui.

Alors maître Guy, s'adressant à sa petite-fille qui ne semblait pas étrangère à cette impression : « Mais, voyons, Anielle, dis-leur, dis-leur donc que c'est folie à eux de vouloir s'attarder ainsi, » reprit-il d'un ton pressant, comme si quelque cher intérêt eût été lésé pour lui à l'adoption de ce nouvel itinéraire.

« Oui, sans doute oui, mon grand-père a raison, » fit Anielle, mais d'un air si peu convaincu, que son intervention, d'ordinaire si efficace, resta sans aucun effet, ce qui fit que le grand-père eut un mouvement d'impatience.

« Eh bien! dit-il tout à coup, eh bien! si l'on se partageait!...

— Se partager? répétèrent Nichol, Anielle et le vieux soudard. »

Le moine gardait le silence.

« Oui, une colonne prendrait par la France, l'autre par l'Italie. Il y aurait double influence sur les peuples; et le nombre de croisés serait aussi bien plus grand, n'est-il pas vrai, révérend?

— Peut-être, répondit le moine du ton le plus indifférent.

— Vous comprenez, reprit vivement maître Guy, arrivée à la mer, la colonne de France s'embarque et va rejoindre l'autre en Italie, vous comprenez, révérend?

— Je comprends, dit le moine du même ton.

— L'expédition, nombreuse, très nombreuse, alors, continua maître Guy, se présente tout entière devant le Saint-Père qui la bénit, elle reprend la mer, et...

— Et Dieu confond les infidèles!...» ajouta résolument le vieux routier, montrant par là qu'il adhérait au plan de maître Guy...

Si bien même y adhéra-t-il, et si bien maître Guy

enchérit-il sur sa première proposition, que dès lors la formation de deux colonnes fut chose décidée.

. . . .

Le lendemain matin, à l'heure où les croisés avaient coutume de se réunir pour commencer leur marche, et comme ce jour-là le partage devait se faire d'une colonne qui s'en irait vers l'Orient, tandis que l'autre continuerait à gagner le Midi, la surprise fut grande de ne pas trouver au lieu d'assemblée le moine, qui toujours y était le premier, se tenant prêt à célébrer l'office par lequel la jeune milice ouvrait d'ordinaire ses journées.

Nichol et Anielle, suivis de quelques-uns de leurs intimes compagnons, allèrent voir à la chaumière où le religieux s'était retiré la veille. Les bonnes gens qui lui avaient donné l'hospitalité le leur montrèrent agenouillé dans un coin de l'étable, où il avait demandé à passer la nuit.

Il était là, le front tourné vers la muraille, les bras croisés sur la poitrine ; un tremblement secouait son corps affaissé, un hoquet soulevait sa tête penchée.

« Révérend, dirent ensemble Nichol et Anielle, il est l'heure du départ, on vous attend pour la prière. »

Mais le moine sembla ne pas les avoir entendus.

Ils s'avancèrent, ils le touchèrent ; on eût dit qu'il était inerte. Ils se penchèrent sur lui pour regarder son visage. Les yeux étaient ouverts et fixes comme sous l'empire d'une hallucination, et de ces yeux coulaient deux ruisseaux de larmes, qui avaient fait une longue trace sur la robe de bure. Les lèvres remuaient, comme disant une oraison dont on n'entendait pas le bruit... Ils touchèrent les mains ; elles étaient froides...

Alors Nichol et le paysan à qui appartenait la chaumière soulevèrent le religieux, qu'ils emmenèrent, ou plutôt qu'ils emportèrent hors de l'étable.

Là, le grand air, le grand jour parurent lui rendre un peu la conscience de lui-même. Il jeta autour de lui des regards étonnés, il balbutia quelques paroles; laissé sans appui, il se soutint : mais, quand il voulut faire un pas, l'équilibre lui manqua.

Anielle et Nichol prirent ses bras.

« Le besoin, peut-être..., dit le paysan, attendez. »

Et il voulut courir...

Mais le moine, qui cette fois avait paru fort bien entendre : « Non, non, » articula-t-il très nettement. Puis il ajouta d'une voix vibrante : « Allons! allons! »

Et, comme s'il se fût retrouvé en possession de toutes ses facultés, il quitta l'appui que lui prêtaient Anielle et Nichol et marcha devant eux d'un pas ferme jusqu'à l'endroit où les croisés se tenaient réunis.

C'était sur un pré en pente, en contre-bas d'un bouquet de bois, au bord duquel quelques grands chênes s'élevaient.

Le moine alla jusqu'à ces arbres; monté sur le tertre qui, au pied du plus grand chêne, faisait comme une esplanade du haut de laquelle il dominait l'assemblée, il prit des mains d'Anielle la petite bannière bleue, et, l'élevant d'un bras, pendant que de l'autre il commandait le silence, qui s'établit aussitôt :

« Chers enfants..., commença-t-il d'un accent qui semblait le bruit d'une poitrine qu'on déchirerait avec effort, et qui fit courir dans la foule un long frémissement, tant il y avait dans ces mots de douleur profonde, chers enfants..., je... je... »

Il n'en put articuler davantage. Sa tête oscilla comme dans un vertige, pendant que ses yeux se fermaient et pendant que deux blêmes sillons se creusaient dans ses joues : ses genoux fléchirent; on le soutint, mais il glissa le long de l'arbre et tomba assis, en rouvrant des yeux sans regards, que d'ailleurs il referma presque aussitôt.

Pendant qu'on s'empressait autour du moine, qui avait paru se ranimer un peu sous l'influence d'une liqueur qu'un des jeunes garçons, approchant une gourde de ses lèvres, y avait fait couler, le vieux routier était venu regarder.

« Oh! fit-il, ce ne sera rien : une faiblesse, ces choses-là arrivent à tout le monde.

— Sans doute, dit maître Guy.

— Il va se remettre, et il ne faut pas que notre départ en soit retardé; car aussi bien n'y pouvons-nous rien... »

Or, dès la veille, et le matin avant l'assemblée toute indication avait été faite du partage en deux troupes. Le routier leva son épée, ses compagnons l'imitèrent, et pendant qu'Anielle, Nichol et quelques enfants restaient occupés auprès du moine : « Rendez-vous à Rome, aux pieds du Saint-Père ! » cria-t-il.

« A Rome! à Rome! » répétèrent plusieurs milliers de voix.

Et les hommes d'armes s'étant mis en marche, le visage faisant face à l'Orient, une grande masse se précipita à leur suite.

Maître Guy, qui avait pris à la main la bannière de sa petite-fille, la haussait en répétant : « Vendôme! Vendôme! » comme si rien autre ne lui importait que de retenir auprès d'Anielle les enfants de sa ville natale.

Et, en effet, pendant que la séparation s'opérait, on aurait pu voir plus d'un enfant qui semblait incertain sur le choix à faire entre les deux troupes, tout à coup rappelé par la vue de cette bannière, autour de laquelle il venait se ranger.

Qui expliquera cette mobilité des esprits, cette subite transformation des influences? L'étendard d'Anielle ne retint guère sous ses plis que les enrôlés des premiers jours.

Plus de dix mille croisés suivirent les hommes d'armes; et la jeune armée se retrouva à peu près ce qu'elle était dans la semaine de son départ, moins cependant deux ou trois des jeunes Vendômois qu'un désir plus ardent

d'aventures avait détachés de la troupe primitive et qu'A-
nielle ne retrouva pas auprès d'elle quand, pouvant faire
trêve aux soins à donner au moine, elle fut à même de se
rendre compte du mouvement qui venait de s'opérer.

Le moine, en effet, semblait avoir recouvré la conscience de lui-même. Il s'était relevé. Il avait d'abord
regardé autour de lui d'un air étonné, comme pour se
reconnaître au sortir d'un anéantissement...

Tout à coup ses yeux se portèrent sur la foule qui s'é-
loignait; il les reporta sur le groupe qui l'entourait, et
alors, un afflux de sang ayant vivement coloré son visage,
sa voix ayant retrouvé toute sa puissante vibration :

« Seigneur, s'écria-t-il, Seigneur, ayez pitié! Dieu du
ciel, qui sondez les cœurs, vous voyez la plaie qui saigne
au cœur de votre indigne esclave! Que le malheur soit
sur lui, non sur eux! Que lui seul expie l'aveuglement,
que lui seul soit victime d'un élan inconsidéré! Quand
vous avez donné le jugement à l'homme, c'est pour qu'il
en fasse un digne usage... et quel usage en a fait votre
serviteur!... Seigneur, châtiez le coupable; épargnez les
innocents. Seigneur, soyez miséricordieux! Seigneur, que
moi seul périsse sous les coups de votre colère... »

Et, tremblant de tous ses membres, le moine se jeta à
genoux, les mains jointes et levées vers le ciel; une
mortelle pâleur avait de nouveau envahi sa face amaigrie;
les larmes avaient recommencé à ruisseler de ses yeux.

Et comme tous s'empressaient autour de lui :

« Enfants, chers enfants, balbutia-t-il, n'allez pas...
Retournez... Non, il ne faut pas!... C'est tenter Dieu!...
Là-bas, ajouta-t-il, montrant la colonne qui allait dis-
paraître derrière la colline, là-bas... courez..., ramenez-
les..., ne tentez pas Dieu... Malheureux, qu'ai-je fait!
Qu'ai-je dit? Qu'ai-je consenti?... Enfants..., priez pour
moi!... Priez..., priez..., n'allez pas!... Courez!... Miséricorde! Seigneur! Miséricorde!... »

Il tomba. On voulut le relever... Ses mains étaient

froides... Son cœur ne battait plus... Le moine était mort...

Alors il y eut de grandes lamentations dans la jeune assemblée, qui, troublée déjà par les paroles incohérentes, mais évidemment néfastes, que venait de prononcer le moine, voyait dans cette mort un immense malheur lui en présageant de plus grands encore.

Et telle était, en effet, la signification qui pouvait être donnée au funèbre événement.

Le moine était mort parce qu'après une longue période d'enthousiasme, d'illusion, d'ivresse pieuse en quelque sorte, le doute, la crainte, l'effroi avaient pénétré son cœur.

Déjà il n'avait pas vu sans peine extrême maints aventuriers s'adjoindre à la jeune armée, auprès de laquelle ils n'avaient été certainement attirés que par le désir d'y trouver des aubaines.

Après la venue des routiers, qui avaient accusé plus nettement cette indigne association, et qui dès leur arrivée s'étaient attribué une brutale influence; après ce déplorable envahissement, il avait trouvé motif à inquiètes réflexions en apprenant que maître Guy avait, en secret, associé à l'entreprise ces deux marchands de Marseille qui, devant lui, avaient une fois exprimé des sentiments si peu conformes à la conduite qu'ils disaient vouloir tenir...

Et l'esprit du moine s'était troublé, et son âme avait été navrée.

Il avait cherché dans la prière la force de dominer la terrible situation qui lui était faite; il s'était abîmé dans la macération, dans le jeûne, où il espérait, en attirant sur lui la grâce divine, rencontrer la suprême inspiration qui lui communiquerait le don d'autorité, de persuasion.

Après avoir accepté le projet, il pensait pouvoir encore en déconseiller l'exécution; après avoir soutenu, exalté l'entreprise, il devait en commander l'abandon.

Mais, en même temps, demander à Dieu le pardon d'un manque de foi, et remontrer à ceux qui l'avaient suivi que la foi les avait égarés, c'était trop pour ce cœur essentiellement pur, sincère. Il s'effrayait de l'idée qu'il fût impossible de les arrêter, il voyait retombant sur lui toutes les terribles responsabilités. Il tremblait à la pensée du compte que Dieu devait avoir à lui demander en un cas comme dans l'autre. Et la douleur, l'effroi l'ayant vaincu, l'ayant laissé sans force..., il n'avait pu que mourir... Il était mort.

Il était mort.

De là une profonde consternation que maître Guy s'efforça aussitôt de dissiper.

« C'est un martyr, disait-il, ne nous affligeons pas, glorifions sa sainte mort, et que notre zèle s'augmente du sacrifice dont cette mort nous donne l'exemple... Que son nom soit avec nous ! que son souvenir nous guide ! que sa piété nous soutienne !... »

Le vieillard mettait dans ses exhortations un élan, une ardeur qui eurent bientôt gagné les jeunes cœurs qui l'écoutaient.

Il sut tranformer la tristesse en hommage aux vertus du mort, qui eut dans la cité voisine les plus pompeuses funérailles.

Et, ce martyre ayant à nouveau consacré pour les populations émues le saint caractère de l'expédition dont maître Guy se faisait alors le chef respectable, les croisés, montrant une ferveur plus vive même qu'au départ, continuèrent leur marche vers la mer.

XI

LA MALADIE DE MAÎTRE GUY

Dans sa traversée de la Provence, région d'enthousiasme et de foi vive, la pieuse phalange trouva partout
le plus sympathique accueil, et partout elle vit encore ses
rangs se grossir.

C'est que le spectacle était saisissant de ce vieillard qui
semblait oublier le poids des ans et les froides coutumes
de son âge pour marcher alerte en tête de la jeune troupe
qui trouvait en lui le plus vaillant exemple d'ardente
résolution.

Puissante aussi était sur les foules la vue de cette toute
jeune fille qui allait la première portant au front, dans le
regard, le rayonnement d'une ferveur inspirée, et celle
de ce jeune garçon qui, à côté de la frêle et séraphique
créature, semblait personnifier la force du dévouement,
l'active obéissance.

Ainsi arrivèrent les jeunes croisés en la vieille cité
phocéenne, où leur entrée fut l'objet d'une véritable ova-
tion, et où ils purent voir dans le port sept grandes caravelles pavoisées de banderoles à la croix, toutes prêtes à
ouvrir leurs voiles.

La mer était bonne, les vents semblaient devoir être
favorables. Hugues Ferré et Guillaume Porco, aussi
ostensiblement passionnés pour les saintes entreprises

5*

qu'ils avaient autrefois paru les tenir en mépris, et qui devaient eux-mêmes être du voyage, manifestaient une grande hâte de voir la flottille cingler vers l'Italie, où était le rendez-vous, pour de là reprendre la route de l'Orient.

Le départ fut donc fixé au surlendemain, l'embarquement devant avoir lieu le soir pour que l'ancre pût être levée à l'aube.

Or, le soir même de l'arrivée à Marseille, en rentrant dans la maison où l'avait logé son ami Hugues Ferré, qui, vieux célibataire, y logeait lui-même, maître Guy se plaignit d'un grand malaise.

« J'ai surmené mes forces en ces derniers jours, dit-il à sa petite-fille et à Nichol, — qui, dût-il coucher sur la dure, n'avait jamais d'autre asile que celui de la jeune fille. A mon âge, on n'abuse pas impunément de la marche et des émotions; mais ce n'est qu'un peu de fatigue, dont une bonne nuit de repos aura raison. »

Et il alla se reposer. Mais le lendemain, lorsque Anielle et Nichol vinrent tout inquiets s'informer de son état, ils le trouvèrent se plaignant de vives douleurs : toussant, suffoquant, affirmant qu'il se sentait comme anéanti, et qu'il lui serait certainement impossible de quitter sa couche ce jour-là.

Hugues Ferré alla chercher et lui amena une vieille matrone, qui était alors un des Esculapes émérites de la ville, et qui, après un très sérieux examen et quelques simagrées cabalistiques, déclara que le cas était grave et qu'elle ne pouvait répondre de rien avant trois ou quatre jours. Et Anielle de se désoler.

« Qu'à cela ne tienne, disait Ferré, et comme j'espère bien qu'il n'en arrivera rien de fâcheux, il ne faut pas que cette indisposition retarde le départ des caravelles qui sont prêtes à mettre à la voile. Nous partirons, nous, au jour dit. Vous resterez ici avec votre grand-père, et aussitôt qu'il sera rétabli, ce qui ne peut tarder, vous viendrez ensemble nous rejoindre à Rome, sur un des premiers navires quittant le port. Il n'est guère de semaine où il n'en parte plusieurs pour cette destination. Ce sera chose facile. »

A quoi le malade ne trouvait à faire aucune objection; « car, disait-il, quoi qu'il puisse advenir, ma petite-fille ne saurait me laisser. Si je devais mourir, — on meurt à tout âge, et au mien plus encore qu'à tout autre, — me faudrait-il donc être seul à mon dernier moment?

— Vous ne mourrez pas, répliquait Hugues Ferré, et vous viendrez nous rejoindre. Ce ne vous sera que quelques jours de retard, et rien de plus.

— Mais moi, disait à son tour Nichol, qui comprenait bien qu'Anielle ne saurait aller contre les vœux en quelque sorte suprêmes de son grand-père; mais, moi, faudra-t-il donc que je parte sans elle! »

Alors Anielle, de sa voix à laquelle la tristesse donnait encore plus de douce autorité: « Tu partiras, dit-elle, tu seras là pour montrer à nos amis que je dois bientôt être encore avec eux. C'est toi qui porteras la bannière que je portais, jusqu'au jour prochain où j'irai la reprendre. Je prierai tant que rien n'adviendra à mon grand-père; et nous serons encore réunis.

— Je partirai, » dit simplement Nichol, qui ne pouvait avoir d'autre volonté que celle de son amie.

Pendant la journée, tout fut disposé à bord des caravelles, sous la surveillance de Porco et de Ferré. A la nuit tombante, heure à laquelle l'embarquement proprement dit devait avoir lieu, Anielle, laissant pour quelques instants son grand-père, qui manifestait des douleurs plus vives, alla remettre elle-même à Nichol, en présence des jeunes croisés, la bannière de l'expédition..., et, quand elle eut vu tous ses compagnons à bord des vaisseaux, elle revint auprès du vieillard qui semblait de plus en plus affaibli et à côté duquel elle veilla fort avant dans la nuit, en priant à la fois pour le rétablissement de son grand-père et pour la conservation de ceux qui allaient prendre la mer aux premiers rayons du jour.

Enfin, accablée de fatigue, elle s'endormit du plus profond sommeil, dans une petite chambre à côté de celle où le vieillard était en proie à de croissantes souffrances. . . . . — . .

. . . .

Le soleil, qui s'est levé dans un ciel pur, est déjà haut sur l'horizon ; les sept caravelles qui, fourmillant de passagers, sont sorties du port, poussées par une fraîche brise matinale, ne semblent plus déjà dans le lointain qu'autant d'alcyons posés sur les eaux.

A ce moment, — où déjà sont rentrés chez eux les nombreux habitants qui étaient allés sur l'avancée du port saluer, acclamer les jeunes croisés au passage, — un homme, un vieillard, celui-là même que quelques heures plus tôt nous aurions pu voir gisant sur un lit de douleur, maître Guy, pour le nommer, descendait tout dispos, tout ingambe, des hauts rochers qui dominent le port et la rade, où il était monté une heure environ avant l'aube, et où il était jusqu'alors resté en observation.

Se dirigeant à pas rapides vers la maison où il avait laissé sa petite-fille endormie, il marchait alerte, se frottant les mains, le front épanoui, l'œil rayonnant, humant l'air frais du matin, que semblait boire avec délice sa poitrine dilatée. Et tout en marchant, il murmurait des paroles comme celles-ci : Ah ! ils m'ont condamné ! Ah ! ils m'ont chassé, interdit, banni !... Ah ! je leur disais bien, je leur laissais bien entendre que j'aurais ma revanche ! Et ils ne se sont que fâchés de plus belle !... Ah ! ils criaient : au Loir ! au Loir !... Eh bien ! ils ne m'y ont pas jeté au Loir ; et je suis là, et me voilà ! Je l'ai ma revanche, je l'ai !... Tous leurs

enfants partis, emportés !... A la mer ! à la mer ! Oui,
je n'ai pas su résister au plaisir de les voir emmener...
Je ne pouvais dormir, je suis sorti, je suis allé me mettre
là-haut pour guetter, pour m'assurer, pour me régaler
de cette vue. Et j'ai vu, bien vu. Les caravelles ont pris
le vent, le vent les pousse. Je n'ai pu me décider à revenir que quand je ne les ai presque plus distinguées...
C'est fait ! c'est consommé. Ah ! ah ! bons Vendômois,
mes chers concitoyens, vous voulez vous mesurer à
maître Guy, vous voulez le punir d'avoir su faire sa fortune... et vous ne veillez pas sur vos enfants ; vous, vous
les laissez prendre ainsi ! Pour aller à la gloire, à la croisade, à la délivrance des saints lieux ! Ah ! ah ! ah ! vraiment vous avez pu croire cela, vous !...

Ici maître Guy fit une sorte de long et amer ricanement
qui donna quelque chose de satanique à son vieux visage
ridé.

Et il marchait toujours à grands pas ; mais, arrivé à
quelque distance de la maison, il s'arrêta comme pour
s'absorber mieux dans ses réflexions.

Oui sans doute, se disait-il, la petite sera surprise
à son réveil ; elle va me demander d'où je viens ; comment il se fait que je ne sois plus malade... Je lui dirai
que je me suis tout à coup senti mieux, que j'ai voulu
prendre le grand air... et que ça m'a réussi. — Alors
elle parlera de partir... Je dirai que ce n'est pas possible
tout de suite... Je gagnerai du temps... Je l'accoutume-
rai peu à peu à l'idée de renoncer..., car elle n'a pas besoin de savoir, elle... Mais ils sauront, eux, je leur ferai
savoir : j'écrirai, j'enverrai là-bas, pour qu'ils aient
bien conscience de la revanche prise ; pour qu'ils aient
la rage, eux qui ont voulu me faire avoir la honte et la
peine. Ah ! bonnes gens ! bonnes gens ! vous avez cru
qu'on pouvait, sans danger, fâcher maître Guy ! Eh !
maître Guy n'est pas un agneau, que diable !... Vous
l'aurez appris à vos dépens. Mais la petite pourrait s'é-

veiller, et il faut que je sois là pour lui expliquer.. Allons, allons!...

Et il se hâta de nouveau...

Quelques instants plus tard, arrivé dans la maison :

« Où donc est l'enfant? demanda-t-il à la maîtresse du logis, une sorte de noire mégère, qui le regardait d'un air tout singulier.

— L'enfant est sortie.

— Sortie! fit maître Guy avec surprise; sortie seule?

— Oh! non.

— Avec qui donc?

— Avec votre ami.

— Mon ami?

— Oui, Hugues Ferré.

— Hugues Ferré... Mais il est parti! s'écria maître Guy.

— Je sais bien, repartit froidement l'hôtesse.

— Mais alors?...

— Alors... vous savez, — ou vous ne savez pas; mais je vous l'apprends, — qu'il n'a pas couché à bord des caravelles, lui. Il est revenu passer la nuit ici une dernière fois. Une demi-heure avant le jour, il s'est levé pour aller s'embarquer. Il a voulu vous dire adieu. Il ne vous a pas trouvé dans votre chambre. Je lui ai dit que je venais, en effet, de vous entendre sortir. Alors il a fait en riant : « Bien! bien! je comprends. » — Je ne sais pas ce qu'il avait pu comprendre, moi. Vous ne m'aviez pas dit où vous alliez, je ne pouvais pas savoir...

— Ensuite, ensuite? cria maître Guy avec un tremblement d'anxiété.

— Ensuite il m'a demandé où était la petite. J'ai dit qu'elle était là-haut, dans la chambre à côté de la vôtre. Alors, il est monté... Je ne sais pas non plus ce qu'il a pu dire à la petite, je n'y étais pas... »

La femme semblait ralentir avec intention son récit.

« Voyons, voyons! parlez donc, avancez donc! cria encore maître Guy.

— Oh! ce ne sera pas long, reprit tranquillement la femme. Toujours est-il que je les ai vus un moment après redescendre tous les deux; Hugues la tenait par la main, et elle le suivait de bonne volonté.

— Le suivait! répéta maître Guy, dont la face était livide.

— Oui, et en passant elle m'a dit : « Faites savoir à mon grand-père que je ne lui en veux point de m'avoir trompée pour tâcher de me retenir; mais dites-lui que si j'avais su, je serais partie malgré lui..., qu'il faut que je parte, puisque je l'ai promis, et puisqu'il l'a lui-même promis à mes compagnons. Je vais l'attendre à Rome. Il viendra m'y retrouver, comme c'était convenu. » Et là-dessus la petite a suivi Hugues Ferré, qui... »

La femme ne crut pas devoir en dire davantage; car, pendant qu'elle prononçait ces dernières paroles, maître Guy, qui avait tout à coup porté ses deux mains à son front, s'était laissé tomber assis, et semblait suffoquer...

« A Rome! à Rome! répéta-t-il enfin... Et elle l'a suivi, et il l'a emmenée... Ah! le brigand! Ah! le coquin! »

Et maître Guy se prit à sangloter, en se frappant le front, en s'arrachant les cheveux.

« Eh bien! quoi? voulut dire la femme, ne deviez-vous pas, en effet, les rejoindre à Rome? Est-ce donc chose si difficile de vous y rendre par le premier navire qui partira? Rome n'est pas si loin!... »

Alors maître Guy, s'élançant furieux sur elle : « Rome! les rejoindre!... Mais voulez-vous bien vous taire!...

— Au secours! à l'assassin! » cria la femme en lui échappant. Et elle sortit de la chambre, où maître Guy, se tordant de désespoir, répétait à travers ses sanglots : « Ah! le brigand! Ah! le coquin!... »

Quelques instants plus tard, ne l'entendant plus crier,

la femme rentra, et le trouva étendu comme inerte sur le plancher.

Des voisins l'aidèrent à mettre le vieillard sur le lit où la veille il avait feint la douleur, et où maintenant il semblait en réalité n'avoir plus que l'âme à rendre.

« Hier, dit la matrone qui l'avait visité le jour précédent et que l'hôtesse avait appelée en toute hâte, hier j'ai pu plaisanter pour complaire à Ferré, qui m'en avait priée, et qui m'avait affirmé que je faisais une bonne œuvre, mais aujourd'hui il n'y a vraiment plus à rire... Si le bonhomme en réchappe, je crains bien qu'avec le corps ne se relève pas l'esprit... »

Six ou huit jours plus tard, en effet, la femme chez qui maître Guy était logé allait requérir les chefs de ville marseillais d'avoir à ôter de chez elle un voyageur que le chagrin d'avoir vu embarquer sa petite-fille, partant pour la croisade, avait privé de sa raison.

Deux moines hospitaliers vinrent prendre le vieillard, qui, s'en allant avec eux, leur disait en riant d'un rire stupide :

« Écoutez la chanson de Vendôme, écoutez :

> Ah ! caravelle !
> Ah ! belle ! belle !
> Au Loir ! au Loir !
> Bonsoir ! bonsoir !
> Petite Anielle,
> Bonsoir ! bonsoir !

Et il sautait sur lui-même, en faisant claquer ses doigts, comme pour marquer la cadence de cet étrange refrain, qui était venu machinalement s'arranger dans sa cervelle détraquée sur le motif de l'hymne que chantaient les jeunes croisés.

XII

●

RETOUR DE... ROME

La flottille avait pris la mer vers le milieu de mai...

L'automne venu, les Vendômois étaient restés sans nouvelle aucune des enfants partis sous la conduite du moine et d'Anielle, quand, un jour d'octobre, deux êtres maigres, hâves, défaits, en guenilles, la tête et les pieds nus, deux jeunes garçons, deux frères, vinrent frapper à la porte d'une maison où habitaient un homme et une femme que, depuis six mois, nul n'avait plus vus sourire.

La porte s'ouvrit. Aux cris, à la fois d'épouvante et de joie, que poussèrent l'homme et la femme, tout le voisinage accourut, et bientôt il y eut dans le quartier un émoi universel qui ne tarda pas à se communiquer à la ville entière sous la seule influence de ces quelques mots : « Les deux enfants de Claude le tisserand sont revenus. » Dieu sait quelle foule avait envahi la maison de Claude, le tisserand, et Dieu sait si les questions pleuvaient sur les enfants, qui, d'abord, exténués de fatigue, de besoin, n'avaient pu, n'avaient su répondre.

Il fallut attendre qu'ils fussent un peu délassés, réconfortés, et que pour eux fût dissipée l'espèce d'ivresse dont ils avaient été saisis en se retrouvant entourés des soins dont ils avaient été privés depuis si longtemps ! « D'où venez-vous ? — Comment se fait-il que vous reveniez seuls ? — Où sont les autres ? » Telles étaient les principales questions qu'on leur adressait.

« D'où nous revenons ? dit enfin l'aîné. Oh ! de bien loin ! D'à travers les montagnes, les rivières, les forêts...

— Oh ! nous avons eu bien faim, bien froid, bien peur, ajouta le plus jeune.

— Comment il se fait que nous soyons seuls? reprit le premier. — C'est que nous avons quitté les autres là-bas, du côté de Lyon, pour nous en aller avec les hommes d'armes à Rome.

— Mais nous n'avons pas été à Rome, oh ! non, ajouta le second.

— Où sont les autres? Nous ne savons pas.

— Non, nous ne savons pas. »

Et comme ces réponses sommaires n'avaient pu satisfaire les questionneurs, les deux enfants, que les uns et les autres interrogeaient, donnèrent plus de détails.

« Vous avez, dites-vous, quitté les autres à Lyon?

— Oui, le matin que le moine était malade, nous deux seulement parmi ceux de Vendôme, nous avons quitté les autres, qui ont dû continuer de marcher en France, pendant que notre troupe, à nous, s'en allait en Italie. Mais nous n'allâmes pas tout de suite là-bas. Les hommes d'armes qui s'étaient mis avec nous, et qui étaient nos chefs, alors que nous n'avions plus Anielle, Nichol et le moine, nous avaient dit : « Il y a certainement encore en notre pays bien des gens qui pourront vouloir se croiser, il ne faut pas les laisser. » Et ils nous firent faire bien du chemin de ci et de là. Et toujours nous arrivaient des compagnons. Et toujours nous allions pour tâcher d'en avoir d'autres. Les hommes d'armes nous disaient : « Laissez-vous conduire. » Et nous nous laissions conduire. Ils avaient arrangé tout pour que les choses qu'on nous donnait, l'argent que les uns ou les

L'embarquement

autres apportaient fut mis, comme ils disaient, en commun. Il y avait des mulets, des chevaux qui suivaient, tout chargés d'habits, de cadeaux et d'argent. Quand on s'arrêtait pour passer la nuit, c'étaient les hommes d'armes qui commandaient, qui distribuaient tout pour le manger, le coucher. Nous n'avions à nous inquiéter de rien. Nous n'avions qu'à marcher, qu'à chanter nos cantiques, qu'à dire nos prières... Et c'était le chef des hommes d'armes qui avait remplacé le moine pour nous prêcher.

« Nous allâmes ainsi pendant plusieurs semaines ; et il y avait toujours une charge plus lourde sur les mulets, parce que partout on nous donnait, et parce que nos compagnons arrivants mettaient toujours du nouvel argent aux mains des hommes d'armes... Alors le chef dit : « Maintenant nous allons passer en Italie ; la troupe de France doit nous attendre à Rome, nous l'y retrouverons. »

« Et alors nous partîmes dans des montagnes, où il y avait de la neige en plein été, et où bien de nos compagnons restèrent malades ou perdus... Puis nous nous retrouvâmes dans un pays encore montagneux, où les gens ne parlaient pas comme nous... Mais les hommes d'armes savaient leur faire entendre qui nous étions, où nous allions ; et ces gens nous étaient encore bienfaisants.

« Il se passa encore deux semaines de cette façon. Nous allions toujours par le pays montagneux. Et comme nous disions : « Quand donc serons-nous à Rome ? » Le chef des hommes d'armes nous répondait : « Encore quelques journées de marche, et nous sortirons tout d'un coup des montagnes pour entrer dans le plus beau pays du monde. Ce sera là. »

« Enfin, un soir, nous arrivâmes dans une gorge toute couverte de bois sombres. Le chef nous dit : « C'est la dernière nuit à passer dans le vilain pays. Demain au

Le Banquet des centenaires.   6

milieu du jour nous serons en plaine, et après-demain à Rome. C'est pourquoi réjouissons-nous. » Et il commanda qu'on mangeât bien ce soir-là ; il fit même donner à tout le monde du vin qui était dans des peaux que portaient deux mulets. On mangea, on but, on chanta le cantique de la croisade ; et chacun s'étant arrangé pour coucher sur la mousse du bois, au pied des grands arbres, nous nous endormîmes tous, heureux de penser que bientôt nous serions dans la sainte ville.

« Mais le lendemain matin, nous nous réveillâmes les uns les autres étonnés de ne pas entendre comme de coutume les hommes d'armes nous appeler ; plus d'hommes d'armes ! Ils nous avaient quittés, nous laissant plusieurs des bêtes qui portaient la nourriture, mais emmenant celles qui portaient l'argent.

« Vous voyez ce qu'il en fut de nous dans ce bois, dans ces montagnes ; sans savoir où aller, par où prendre, sans connaître le pays, sans pouvoir nous faire comprendre des quelques personnes que nous rencontrions.

« C'est alors que commença notre misère, car nous eûmes bien vite mangé ce qui était sur les mulets ; et puis, chacun voulait mieux savoir ce qu'il fallait faire ; on se disputa, on se battit... et on s'en alla par petites troupes un peu de chaque côté... Le lendemain nous n'étions déjà plus dans notre troupe, à nous, que quinze ou vingt ; et nous allâmes devant nous mourant de faim ; il y en eut qui tombèrent en route n'ayant plus de forces... Des gens nous trouvèrent et nous donnèrent à manger ; ils nous menèrent à un bourg, où l'on nous assista encore, et l'on nous montra la route à prendre pour retourner du côté de France... Un peu plus loin, nous retrouvâmes des nôtres qui nous dirent s'être longtemps perdus dans les bois, où une trentaine étaient restés morts ou malades... Nous marchâmes ensemble... Il y a un mois et demi de cela, nous avons toujours marché, demandant toujours aux bonnes gens le chemin de Vendôme... Les bonnes gens nous ont secourus... A des endroits on a voulu nous garder ; mais nous avons voulu revenir, et nous sommes revenus...

— Mais les autres, est-ce que sur le chemin en revenant, personne ne vous en a rien dit?

— Non, personne... »

Et les pauvres parents vendômois de soupirer : « Las ! que seront devenus les autres !... »

XIII

LES AUTRES

Autant les deux enfants de Claude le tisserand étaient revenus tristes et piteux au toit paternel, autant un mois plus tard reparut dispos et allègre, à Vendôme, le fils de Thibault le vannier.

Et pour ce retour encore, grand émoi, grand concours de gens questionnant à l'envi le jeune garçon, qui, lui du moins, savait, pouvait d'autant mieux répondre qu'il semblait s'y être à loisir préparé.

« D'où je reviens ? De bien loin, de par delà les mers...

— De la Terre-Sainte ?

— Oh ! non, certes ! au contraire. Comment il se fait que je revienne seul ? Je vais vous le dire. — Où sont les autres ? Patience, je vous le dirai aussi. Le moine étant mort, Anielle et son grand-père nous conduisant, de concert avec Nichol, nous étions arrivés à Marseille, où sept vaisseaux étaient prêts pour notre embarquement... Voilà que le soir, au moment de monter dans les vaisseaux pour partir le lendemain matin, Anielle remet à Nichol sa bannière en lui disant, devant nous, qu'elle ne peut quitter son grand-père qui est au plus mal ; mais que, quoi qu'il arrive, elle nous rejoindra à Rome, où nous devions aller pour attendre la troupe qui avait pris par l'Italie. — Et elle nous quitte... Nichol s'embarque donc tout seul avec nous... Mais, la nuit passée, et, comme au jour, les caravelles allaient partir, voilà Anielle qui revient, amenée par Hugues Ferré, un des deux hommes qui avaient préparé les vaisseaux; et elle nous dit : « Mon grand-père n'est plus malade. Je pars avec vous. Il viendra me retrouver. »

« Nous partons donc tous ensemble... Nous voilà sur la mer, douce et tranquille, par le plus beau temps qui se puisse voir, tant que durent le premier jour et la première nuit : mais le lendemain le temps se couvre, le vent souffle, la mer est en colère, nous voilà tous épeurés et malades à mourir.

« Le surlendemain c'était pis. Aussi disions-nous tous : « C'est fini, nous allons être noyés ici. » Et nous ne faisions plus que prier le bon Dieu pour avoir une sainte mort. Il en fut ainsi pendant trois jours. Après quoi le temps redevint beau et doux : mais de nos sept vaisseaux, nous n'en voyions plus que quatre. Où étaient allés les trois autres?... Nous ne l'avons jamais su [1].

« Toujours est-il que, dix jours après notre départ de Marseille, les quatre vaisseaux qui restaient étant toujours en vue les uns des autres, et le temps étant toujours beau, nous aperçûmes un rivage : « C'est l'Italie, nous dit Hugues Ferré, nous allons débarquer pour nous rendre à Rome, où nous devons retrouver l'autre troupe. Mais il faut que Guillaume Porco et moi nous allions faire les dispositions pour le débarquement. »

« Les quatre vaisseaux s'étant donc rapprochés de la

[1] Ces trois navires allèrent se jeter au bas de la Sardaigne sur les rochers dits du Reclus, qui bordent la petite île de Saint-Pierre, où ils se perdirent corps et biens. Quelques années plus tard, le pape Grégoire IX fit ériger, au lieu où les corps des naufragés rejetés par la mer avaient été inhumés, une chapelle qu'il mit sous le vocable des *Nouveaux Innocents*, et qu'il donna à desservir à douze prébendiers. Au XVII* siècle, on montrait encore aux voyageurs le tombeau de ces malheureux enfants. (Muratori, *An. d'Italia*. — *Chronicon Alberti abbatis stadensis*. — *Fleury, Hist. ecclésiastique*.)

terre en s'avoisinant, les deux hommes descendirent dans une petite barque, qui les emmena au bord. C'était de grand matin. Ils ne revinrent aux vaisseaux que le lendemain. Derrière leur petite barque ramaient quinze ou vingt grandes barques, dont les rameurs étaient tout drôlement habillés, et qui vinrent s'attacher à nos vaisseaux.

« Porco et Ferré nous dirent : « Voilà les bateaux de débarquement qui vont nous mettre à terre ; et plus tard nous reviendrons aux vaisseaux avec nos compagnons, pour naviguer vers la Terre-Sainte. »

« Nous descendîmes donc tous dans les barques, dont les hommes parlaient un langage que nous ne comprenions pas, et l'on rama vers la terre. Porco et Ferré suivaient dans leur petite barque.

« Comme les barques arrivaient à terre, nous vîmes que Porco et Ferré allèrent vers un homme qui se tenait tranquille sur la rive, et qui semblait nous compter pendant que nous débarquions. Puis, quand nous fûmes tous à terre, l'homme entra avec Porco et Ferré dans une maisonnette. Puis Porco et Ferré sortirent seuls, et les marins de la petite barque, qui attendaient, y emportèrent trois caisses bien lourdes. Puis la petite barque, où Porco et Ferré étaient remontés, reprit le chemin des vaisseaux.

« Alors, comme nous regardions tout étonnés : « Où vont-ils donc ? » demandèrent Anielle et Nichol à des hommes qui étaient venus nous entourer et qui portaient, passés dans leur ceinture ou pendus à leur côté, toutes sortes de poignards et de sabres. Ces hommes ne répondirent pas ; mais l'autre, celui qui était entré dans la maisonnette avec Porco et Ferré, l'autre, sortant en ce moment, fit un signe en étendant le bras du côté de la ville, et dit quelque chose qu'il nous fut impossible de comprendre.

« Aussitôt les hommes tirèrent tous ensemble leurs grands sabres brillants, et, s'étant rangés de façon à nous mettre au milieu d'eux, ils nous firent entendre qu'il fallait marcher.

« Et nous marchâmes comme des moutons qui seraient entre deux rangs de bouchers tenant leurs couteaux.

« Sans que j'en dise plus, vous avez bien compris, n'est-ce pas, que Porco et Ferré n'avaient jamais songé à nous mener à Rome, en terre chrétienne, mais nous avaient conduits en pays de païens, où ils nous avaient tous vendus contre bel et bon argent pour être esclaves. Le marché fait, ils étaient repartis sur leurs vaisseaux avec le prix de ce marché.

« Tout d'abord nous ne comprîmes pas bien ce qu'on voulait faire de nous, parce qu'aucun de ces hommes ne parlait notre langue; et d'ailleurs, sans nous faire aucun mal, on nous emmena tous ensemble dans un même grand bâtiment, où l'on nous donna à manger et où il y avait de la paille et des tapis pour nous coucher. Mais, le lendemain, il vint dans cet endroit des hommes de tout âge, habillés de toutes façons, qui, suivis des hommes aux sabres, allaient, venaient parmi nous, regardant les uns, les autres, et ayant l'air de marquer ceux qui leur convenaient, car aussitôt ceux-là étaient emmenés, et même nous pûmes voir qu'on donnait de l'argent, comme on fait pour des animaux au marché. Alors force nous fut bien de comprendre.

« Depuis la veille, Nichol et Anielle étaient tout je ne sais comment. Ils ne parlaient presque pas. Anielle avait de grosses larmes dans les yeux. Deux ou trois fois, en nous regardant, elle avait dit : « C'est pourtant moi qui suis cause que vous êtes là ! » Et alors ses larmes coulaient. Et Nichol, lui, quand elle parlait ainsi, devenait tantôt rouge comme du feu, tantôt blême à faire peur. On voyait qu'il ne savait pas ce qu'il aurait pu dire ou faire. Mais quand il vit qu'on emmenait certains d'entre nous :

« — Çà, fit-il tout d'un coup, éclatant de colère, est-ce que nous nous laisserons traiter ainsi ? Est-ce que nous

*

ne sommes pas en plus grand nombre que ces gens-là? et, si nous voulions, est-ce que nous n'en aurions pas raison?

« — Mais ils ont des armes, lui dîmes-nous, tandis que nous les avons toutes laissées sur les vaisseaux.

« — Des armes ! répliqua-t-il, on en prend. Guettez ce que je ferai, faites-le, et qui sait !... »

« Nous n'eûmes pas longtemps à guetter, car à peine avait-il fini de parler, que, sur un signe de leur maître, les hommes au sabre voulurent venir prendre Anielle pour l'emmener, avec deux ou trois des autres jeunes filles.

« — Nichol ! Nichol ! cria Anielle, défends-moi ! »

« Et elle s'était jetée vers lui.

« Alors lui, sautant sur le sabre d'un de ces hommes, le lui enleva de la main en criant : « Faites comme moi ! faites comme moi ! »

« Et, tenant Anielle par une main, de l'autre il frappait devant lui : un homme même tomba tout en sang.

« Nous voulûmes faire ce qu'il avait fait. Mais les hommes à leur tour se mirent à sabrer, et parmi nous il en tomba plusieurs... Ah ! ce n'était pas beau à voir, je vous jure !

« Nichol se défendait toujours, et toujours empêchait d'approcher d'Anielle ; mais il fut frappé. Nous le vîmes tomber, et aussi que deux hommes emportaient Anielle, qui était sans connaissance.

« Quant à nous, que pouvions-nous faire ?... Rien !

« Dès ce moment nous fûmes séparés par dix ou douze, et tous ceux qui semblaient pouvoir ou vouloir résister étaient enchaînés et menacés du bâton et du sabre s'ils bougeaient.

« Dès ce moment aussi nous ne vîmes plus que les quelques compagnons avec qui nous avions été vendus.

« Moi, je fus, avec cinq autres, — dont aucun de Vendôme, — acheté par un vieux païen, qui avait fait de nous ses domestiques dans une grande maison, et qui voulait à toute force nous faire renoncer à notre religion.

C'était une espèce de prêtre parlant un peu français, qui, tous les jours, nous venait répéter cela. Et quand nous lui répondions que nous ne voulions pas abandonner la foi de Notre-Seigneur Jésus-Christ, alors il nous disait : « Eh bien ! il vous arrivera ce qui est arrivé à ceux-ci et à ceux-là de vos camarades. » Et il nous contait comme quoi on avait fait souffrir les uns et même fait mourir les autres, pour n'avoir pas consenti à cracher sur la croix, ou à dire les prières des païens.

« Pour nous, si ce n'est que nous étions toujours enfermés, et qu'on nous menaçait de grosses peines si nous persistions à ne pas vouloir changer de religion, nous étions assez tranquilles ; tandis que nous apprenions que d'autres étaient fort malheureux dans d'autres maisons, sans compter que beaucoup avaient été emmenés au loin dans le pays. Et, en fin de compte, il y avait en nous tous cette grande tristesse de penser que jamais nous ne pouvions revenir, étant esclaves, achetés pour toujours.

« Or voilà qu'un soir où justement cette vilaine pensée me tenait en lourd chagrin, le prêtre vint qui me demanda si mon nom n'était pas Thibault. Je répondis : Oui. Alors il dit à deux hommes dans leur langue, que je commençais à comprendre : « Emmenez-le. » Ils m'emmenèrent, et, traversant la ville par la nuit noire, ils me firent monter dans un petit bateau. Je pensais vraiment qu'ils m'allaient noyer en mer, me souvenant que la veille j'avais fortement refusé d'entendre le prêtre païen, en lui disant que j'aimerais mieux mourir. Je recommandais mon âme à Dieu, en ayant une dernière pensée pour mes parents.

« Mais le petit bateau en aborda un grand, où l'on voyait des lumières, et où l'on me fit monter.

« Et moi, bien étonné de retrouver là Anielle avec toutes les autres jeunes filles et une trentaine de jeunes garçons de Vendôme, mais aucun des autres pays.

« Et eux de ne pas savoir plus que moi pourquoi ils étaient là. Anielle nous dit seulement qu'elle était sur le grand bateau depuis une huitaine de jours. On l'avait amenée d'une maison où elle servait plusieurs grandes dames, et d'où on l'avait tirée aussi en lui demandant si elle ne s'appelait pas Anielle. Il manquait une dizaine de nos camarades du pays ; et surtout il manquait Nichol ; Anielle disait toujours en pleurant : « Il est mort, il est mort ! » Nous ne pouvions pas dire autrement, nous qui l'avions vu tomber. Et elle pleurait plus fort.

« Il y avait sur le bateau, comme à terre, des gens à rude mine et à grands sabres qui nous gardaient. Si nous leur demandions ce qu'on voulait faire de nous, ils détournaient la tête et continuaient à se promener, le sabre tiré... Mon Dieu ! pensions-nous et disions-nous, qu'est-ce qu'il va encore nous arriver ? dans quel lointain pays voulait-on nous transporter, puisqu'on nous mettait sur un vaisseau ? Deux ou trois jours se passèrent, et un à un arrivèrent tous nos camarades vendômois, tous, excepté Nichol...

« Un matin, nous vîmes qu'on préparait les voiles, que les marins rangeaient les cordes. On allait partir. Pour aller où ?... Ah ! nous n'étions pas joyeux ! En ce moment, nous vîmes une petite barque qui venait vers le vaisseau. Anielle, qui regardait, cria tout à coup : « Il n'est pas mort, c'est lui ! c'est lui !... » Et elle était comme folle de joie.

« C'était bien Nichol qu'on amenait. Un peu après, il nous embrassait tous. Il avait sur la figure la marque d'une grande blessure fermée. Et comme, tout en l'embrassant, nous lui demandions d'où il venait, comment il avait passé le temps, s'il avait été malheureux, voilà que du fond du vaisseau partit un grand coup de sifflet. Et aussitôt toutes les voiles furent tendues, le vent les gonfla, et le vaisseau se mit à courir sur la mer.

« Alors nous nous demandions encore : « Où nous mène-t-on ? » quand tout à coup Anielle et Nichol, qui se tenaient par la main et qui regardaient vers l'espèce de

En Afrique.

maisonnette qui est au bout des vaisseaux, se mirent tous deux à crier en même temps : « Jacob! Jacob! » et ils étendirent la main vers un jeune homme qui venait de sortir de la maisonnette, et qui était habillé en clerc.

« Alors le jeune homme marcha vers nous. Ce jeune homme, nous le reconnûmes pour être celui qu'un jour nous avions ramené avec le moine à Vendôme. Il vint, et, tout en prenant une main à Nichol, une autre à Anielle : « Oui, fit-il, c'est Jacob, celui que vous avez charitablement assisté dans votre pays, et qui est heureux de vous assister dans le sien. Pour vous le rappeler, j'ai repris cet habit, qui est celui que j'avais quand vous m'avez connu, et que je ne portais que pour être reçu à étudier en pays chrétien, moi qui ne suis pas chrétien. Voilà le secret que je tenais à cacher, afin de n'être pas inquiété. Enfants de Vendôme, vos peines sont finies, j'espère, car je ne vous ai réunis sur ce vaisseau que pour vous reconduire en France... Je n'étais pas au pays quand ces deux misérables marchands vous y ont amenés. A mon retour, j'ai su ce qui s'était passé. Je me suis informé. J'ai pu même, sous mon costume africain, voir plusieurs de vous sans être reconnu. Alors je vous ai fait racheter..., vous, les enfants de Vendôme, faute de pouvoir racheter tous les autres... Mais soyez tranquilles, à mon retour, je ferai pour eux tout ce que je pourrai faire; je suis calife, je suis riche et puissant [1]... Ah! que n'étais-je là pour m'emparer des deux coquins marseillais !... C'est mon regret... »

« Vous pensez si, en entendant parler ainsi ce jeune homme, nous étions joyeux, soulagés... et si le voyage que nous devions faire avec lui nous dut paraître agréable...

[1] Le chroniqueur Albéric, moine des Trois-Fontaines, parle avec grand éloge de ce jeune calife, qui avait étudié à Paris, portant le costume de clerc, et qui défendit autant qu'il put les esclaves chrétiens contre les princes sarrasins qui les avaient achetés et qui en firent martyriser beaucoup pour n'avoir pas voulu renoncer à leur religion.

« Et toutefois il ne s'en fallut pas de beaucoup que ce joyeux voyage ne fût attristé comme le premier, car le surlendemain du départ il y eut encore une mer des plus méchantes ; heureusement le vaisseau put gagner à temps un refuge dans le port d'une ville qu'on nous dit s'appeler Palerme.

« La première chose que nous vîmes à l'entrée de ce port, ce furent deux hautes potences, portant chacune un homme pendu. On nous dit que c'étaient deux étrangers, deux Français qui, arrivés quelque temps auparavant, s'étaient voulu mêler de choses troublant la tranquillité du pays. On les avait pendus pour faire un exemple, afin de contenir les gens qui auraient pensé à se conduire comme eux.

« Or il se trouva que ces deux pendus n'étaient autres que Porco et Ferré, les hommes qui nous avaient vendus aux gens d'Afrique [1].

« Le clerc dit : « Dieu les avait jugés, les hommes les ont punis. » Et, ma foi, il n'y eut pas chez nous une grande compassion.

« Enfin, après quelques nouveaux jours de mer, nous nous retrouvâmes à Marseille, où le clerc d'Afrique nous dit adieu, en nous laissant une assez grosse somme d'argent pour que nous pussions faire à l'aise le voyage de Vendôme.

« En route, la pauvre petite Anielle disait toujours : « Que sera devenu mon grand-père ? Quel chagrin n'aura-t-il pas eu, ne me trouvant pas à Rome, où il aura dû aller me chercher ! Et comme il sera content quand il me reverra ! »

---

[1] Après avoir vendu les enfants en Afrique, dit le même historien, Hugues Ferré et Guillaume Porco se rendirent auprès de Mirabel, prince des Sarrasins de Sicile, avec lequel ils voulurent intriguer contre l'empereur Frédéric II ; mais celui-ci, déjouant le complot, fit pendre d'une part le prince et ses fils, d'autre part les deux intrigants.

« Elle disait cela, parce qu'elle était bien assurée que son grand-père, tout en ayant voulu l'empêcher de partir, n'était pour rien dans les vilains projets des deux méchants hommes. Et nous le pensions comme elle.

« Aussitôt débarqués, Anielle courut avec Nichol à la maison qu'elle avait habitée avec son grand-père.

« Et alors elle apprit que le chagrin du départ de sa petite-fille l'avait rendu fou...

« Ils allèrent le demander chez les frères hospitaliers qui le gardaient. Il ne les reconnut pas. Il chantait une certaine chanson baroque sur l'air de notre cantique.

« Anielle pleura tous ses pleurs.

« Alors Nichol dit : « Il faut l'emmener. »

« Et nous l'emmenâmes.

«, Et voilà. Tous sont à une dizaine de lieues d'ici, où ils se sont arrêtés. Là, Nichol m'a dit : « Va, le premier, tu diras que nous arrivons ; tu demanderas aux gens qu'Anielle, qui est bien triste, ne soit pas empêchée de ramener son vieux grand-père, fou, dans sa maison. » Je suis venu. Et ils attendent là-bas que je retourne leur dire : Venez !

— Qu'ils viennent ! qu'ils viennent ! » crièrent à l'envi les Vendômois ; et ils se portèrent en foule au-devant de ces enfants, qu'ils ne comptaient plus revoir, et qui leur étaient providentiellement rendus.

Que ne put-il en être ainsi pour tant d'autres parents, qui, des diverses régions de France, avaient vu aussi partir leurs enfants [1] !

Le vieillard, privé de raison, ne rentra dans sa demeure que pour y achever bientôt de vivre, sans avoir retrouvé la conscience de lui-même.

Alors les maïeurs des corporations, qui avaient déjà

---

[1] Bien des années après, dit encore le moine Albéric, il restait encore en Afrique quatre à cinq cents de ces enfants, devenus des hommes, que Maschemuch, prince d'Alexandrie renvoya dans leur pays.

pris la tutelle de Nichol, prirent aussi celle de la petite
fille de maître Guy.

.   .   .   .

Un jour, — quelque douze ou quinze ans plus tard, —
maître Éverard, car ainsi s'appelait alors Nichol, regardait tout pensif la gaillarde et active ménagère qui était
la mère de ses enfants; et comme celle-ci lui demandait
pourquoi il l'examinait de la sorte :

« Que veux-tu, j'ai toujours peine à croire que ce
soit bien là cette même petite Anielle que j'ai vue autrefois si frêle, et...

— Et si pleine de rêveuses pensées, acheva la ménagère ; regrettes-tu donc qu'elle soit changée ?...

— Oh ! non.

— Alors pourquoi parles-tu de celle qui n'est plus ?... »

Et, au ton donné à ces paroles, il était facile de comprendre que les souvenirs évoqués par maître Éverard
n'étaient pas de ceux qui pouvaient sourire à l'esprit ni
au cœur de la jeune mère de famille.

Et lorsque tel ou tel de ceux qui autrefois avaient été
vendus en Afrique avec elle s'avisaient de lui demander :

« Vous rappelez-vous ceci? Vous souvient-il de cela ?

— Non! » répondait-elle résolument.

Et elle rompait l'entretien.

Alors on se disait : « C'est que, sans doute, il lui est
pénible de se rappeler la démence de son grand-père, qui
a été pour elle le triste résultat de cette aventure. »

Mais était-ce bien à cette seule folie qu'il lui déplaisait
de songer? Ayant tout pesé d'un esprit mûri, n'avait-
elle pas compris le vrai rôle de maître Guy ?

Et, en ce cas, ne pouvant rien trouver de mieux que
l'oubli, elle tâchait d'oublier.

FIN

TABLE

—

LE BANQUET DES CENTENAIRES

LA CROISADE DES ENFANTS

11975. — Tours, impr. Mame.

BIBLIOTHÈQUE DES FAMILLES

ET DES MAISONS D'ÉDUCATION

—

SÉRIE IN-12 ILLUSTRÉE

—

Ouvrages ornés de nombreuses gravures

Au Coin du feu, par M. Alexis Muenier.

Banquet des Centenaires (le), essai sur l'art de vivre longtemps, suivi de : la Croisade des enfants, par E. Muller.

Bluette et Coquelicot, conte instructif pour les enfants, par
Maurice Barr, illustrations par Bertall.

Coups de fusil, souvenirs d'un chercheur d'aventures aux
États-Unis, par Bénédict-Henry Révoil.

Petit Duc (le), ou Richard Sans-Peur, par l'auteur de l'*Héritier de Redclyffe*; traduit de l'anglais par Mme Charles
Deshorties de Beaulieu.

Récits normands, par Mme Julie Lavergne.

Savant a l'école (le), par Mme Julie Lavergne.

Scènes de la vie australienne, imité de l'anglais par Adam
de l'Isle.

Science en famille (la), promenades d'un botaniste, par
Eugène Muller.

Sport américain (le), chasses excentriques dans l'Amérique
du Nord, par Bénédict-Henry Révoil.

Tours, imprimerie Mame.

www.ingramcontent.com/pod-product-compliance
Lightning Source LLC
Chambersburg PA
CBHW051831020726
47502CB00005B/1726